文春文庫

ペット・ショップ・ストーリー

林　真理子

JN230038

文藝春秋

ペット・ショップ・ストーリー

……………

目次

装画　石橋澄

ペット・ショップ・ストーリー

ペット・ショップ・ストーリー

「おお、よちよち、クリネちゃん、シャンプーしてもらったんでちゅかア、よかったでちゅねえ」

中山圭子は私の腕の中のマルチーズに頬ずりをし、そして自分の胸にゆっくりと移した。そのしぐさがあまりにも自然なので、彼女に子どもがいるという噂は本当なのかもしれないとふと思う。

この昔ながらの住宅地の中、ペット・ショップ「ミルキー・ウェイ」の建物は、少々悪目立ちする白いモルタルだ。ショウウィンドウにテリアと仔猫の漫画が描かれている。その隣りはショップの二倍ほどの間口で、動物病院と美容院を兼ねた「中山ペット・ホスピタル」だ。ということは姓からして圭子が病院の縁者だということは間違いがない。しかし彼女は独身だと言い、五十がらみの動物病院院長にはいつも受付に立つ妻がいた。

これも人々の推測であるが、圭子は先代の院長の娘らしい。一度若い時に結婚に失敗し、子どもはあちらに渡してきたというのだ。いわゆる出戻りとなった彼女の生活が立ちいくように家族が相談し、病院の一角にペット・ショップを併設したというのが、まあそれほどはずれてはいないところだろう。

しかし動物病院とペット・ショップとの間には奇妙なよそよそしさがある。例えばショップで売られている犬の首輪やキャットフードは、種類は少ないものの病院の受付で買うことが出来る。病院の医者やトリマーたちが、ペット・ショップの店先にいるのを見たこともないし、その反対もない。

このあたりは犬や猫を飼う者が多く、病院の待合室は深刻そうにバスケットを抱えた主たちで、席の確保が難しいぐらいだ。しかし圭子の方のペット・ショップが繁盛している様子はない。

「そりゃそうよ。うちなんかは人が押しかけて買いに来るようなものは売っていないもの。ゆっくりのんびりやっていけばいいのよ」

そんなことを言う圭子は、たいていガラスケースの傍に立って道ゆく人たちを眺めていたり、そうでなかったら奥の小さなテーブルの前で茶をすすっている。ここで売られている仔犬や仔猫さえも、布の箱の中でまるでぬいぐるみのようにこんこんと眠り続けているのだ。

しかし彼女には不思議な嗅覚があり、常連の客たちが隣りの病院へ立ち寄ったのをすばやく察知する。今日も私はマルチーズの手入れを済ましてきたばかりなのであるが、病院の自動ドアを出て、五、六歩行きかけたらそこに満面笑みをたたえた圭子が待ち受けていたというわけだ。

「まあ、クリネちゃん、なんてかわいくなったんでちょ。シャンプーをして貰《もら》ったんでちゅねえ、いいでちゅねえ」

圭子はそれが当然という風に私の手から犬を抱き取る。ぷっくりと太った彼女の胸も腕もやわらかく、その中に白いマルチーズはすっぽりとおさまった。家族の者以外には決してなつかない犬なのに、小さく尾さえふる。そして私は私の犬を抱いた圭子に先導され、奥のテーブルにつかなくてはならなくなるのだ。

彼女はひとしきり犬に話しかけた後、私に茶を勧め、大人の人間の言葉で話しかけた。

「それでお母さまのお加減はいかがなのかしら」

「ええ、おかげさまで咳込むのも暖かくなったら大分よくなりました。入院ってことになるかもしれないって心配してたんですけどもね、何とかなりそうです」

「それはよかったわ。寒さが年寄りにはいちばんこたえますもの。ああ、よかったわ、おばあちゃまがご病気だと、クリネちゃんも困っちゃいますものねえ。よかったでちゅねえ」

圭子は床に下ろしたマルチーズに、また幼児語で話しかける。圭子はもう五十に手が届くだろうか。しかし太《ふと》り肉《じし》で肌が美しく張っているのと色が白いのとで、年齢よりもかなり若く見えた。細い目に巧みにアイラインを入れているのもしゃれている。上質のカシミアのセーターの好みは、このあたりの女たちに共通なものだ。その胸元を飾る、小さな猫たちがじゃれ合っているシルバーのネックレスは確かに見覚えがあり、それが私を立ち去り難くしている原因であった。

私はここから歩いて帰れるほどのところで、自宅の一角を改造して小さな店を経営している。輸入もののアクセサリーや食器を扱っている店だ。その猫の飾りのついたネックレスは昨年私が圭子に売ったものである。いかにもペット・ショップの主らしく、彼女は動物をあしらったアクセサリーに目がない。英国製のそれはかなりの値段がしていたが、圭子はこともなげに買ったはずだ。

私の視線に気づいたのか、圭子は上目づかいで微笑《ほほえ》む。中年の女にはふさわしくない甘いおどけた笑いだ。

「あ、これでしょう。とっても気に入っているのよ。お店に来る人にも誉《ほ》められるわ」

ネックレスに手をやった。手もやはり白くぽってりと脂肪がのっている。

「内田さんのところってセンスのいいものばっかりなんですもの。何でも欲しくなるわ。やっぱりねえ、プロの有名なヘア・メイクをしていた人は違うわ」

ああ、またかと私はうんざりした気分になる。

長いことメイキャップ・アーティストとして働いていた私が、家に帰ってきたのは今から八年前のことだ。ひとり暮らしをしていた母親が七十歳を過ぎ、誰かがめんどうをみなくてはならなくなった。とうに嫁いでいた妹は、私が母の世話をすることを条件に自分の相続分を放棄してくれたので、家の応接間と次の部屋を潰して十坪足らずの店をつくった。昔の仲間のつてで、自分が買い付けに行かなくても売れ筋の品物が入る。このあたりの奥さん連中だけではなく、最近は車を使って来てくれる客もいて、老婆と中年女の二人の暮らしも何とかやっていける……などということを圭子はとうに知っているのだ。圭子は犬や猫をあやしながら、さり気なく飼主から話を聞き出すのが大層うまい。私は知らず知らずのうちに、幾つかのことを喋《しゃべ》っていたらしいのだ。

人間を扱う医者や看護師たちは、患者の秘密を守ることになっている。それは建前だと言う者もいるが、一応そういうとりきめになっている。ところが犬や猫たちを扱う人たちにそのルールはない、ということは最近私が知ったことのひとつだ。患者は口のきけない動物たちだが、犬を撫でる手から、猫をくしけずるブラシから、たやすくその飼主たちの秘密は漏れていくのだ。

圭子はその近隣の動物を飼う女たちのことにとても詳しい。自分自身のことも密かに取り沙汰されているのであるが、彼女はそのことにはまるで気づかぬように、ぽってりとした唇を無邪気にとがらせる。

「ねえ、高木さんのお嬢さんのことだけれどね」

高木さん、と言われても私はすぐにはわからない。三丁目のあの大きな家のシーズーを二匹飼っている奥さん、と言われて合点した。親子の犬を連れたその女と、私は時々公園で立ち話をすることがある。年齢も私と同じ四十代半ばといったところだろうか。朝の散歩の途中だから、彼女はいつもジーンズに化粧気のない顔であるが、大層な美人だということはすぐにわかった。少したるみ始めた大きな目が、哀し気に見えるのもよい風情だ。時々背の高い少女を連れて来る時もある。彼女は母親の半分も美しくない。最近の若い子に特徴的な細い顎が意地悪気な表情であるが、動物は嫌いではないらしく、私の犬には話しかける。

「このワンちゃんはね、クリネって言うのよ」

愛想のよい母親が、私と娘とをとりなすように言ったものだ。

「ふうーん、どうしてそんな名前なの」

「あのね、貰われてきた時、淋しかったらしくってずっとクリネックスの箱にしがみついていたのよ。だからクリネっていうの」

犬を連れた者たちの会話は、常に足元を見ながらなされる。だから私は少女のことをそれほど詳しく記憶しているわけではないが、彼女がいったいどうしたというのだろうか。

「それがね、――学園に合格したのよ。それも外からはほとんど合格しないっていう高等部に」

圭子はさも重大なことを打ち明けるように喋った後鼻を鳴らした。――学園というのは、近くの名門校である。大学までエスカレーター式に進めるので、最近人気の学校だ。

「あら、それはよかったわね」

私は圭子の淹《い》れてくれた茶をひと口する。彼女はテーブルの上に、コード付きのポットを置いているのでその日本茶は大層熱い。そして私は期待し、じっと息を潜《ひそ》めている。彼女の噂話がそこで終わるわけがないということを知っているからだ。

「だって高木さんはお妾さんをしているんですもの。あの人はね、昔、銀座のホステスさんだったのよ」

「あら、そうだったの」

私は女がこういう時誰でもそうするように、小首をかしげてかすかに「ふうん」とつぶやいてみる。それほど驚いていないというプライドを表すのと、他に喋らないわという約束とを同時にしているのだ。圭子の言葉遣いは次第に親し気に、ということはぞんざいになる。

「でもね、高木さん、私以外の人にはそのこと決して言わないのよ。ご近所の人には離婚して、慰謝料をかなりの額貰ったということにしているみたい。でもねえ、私なんかからみれば、大きな家も建ててもらって、将来のこともきちんとして貰って、何ていいんでしょう、って思ってたけど、あのお嬢さん、もちろん籍を入れて貰ってないのよ、つまり私生児なのよね」

こんなどぎつい言葉を圭子ほど優し気に発音する女を初めて見た。年よりも派手なピンク色の口紅は色白の圭子によく似合って、どれほど顔を近づけられても、そこからは口臭も悪意も漂わない。

「でもね、私生児でも、あそこの学校に入学させるなんてすごいと思わないこと。高木さんはね、それだけはおっしゃらないけど、どうも旦那さんっていうのは有名な政治家だと思うのよ、私」

「でもそんな人が、こんな静かな場所に通ってきたら、すぐに知られてしまうでしょうに」

「だから、それなのよ」

圭子は片手を手招きするように動かした。インディアン風の指輪がキラリと光る。彼女はちぐはぐなアクセサリーをする時がある。

「高木さんがあの豪邸を建てて引越してきたのは三年前よ。だけどもね、お嬢さんと二人きりでひっそり暮らしてらして、男の人が来ている気配はないわ。私ね、どうもうんと年寄りの大物の政治家だと思うの。病院のベッドでいろんな采配が出来るぐらいの人よ」

そして圭子は何人かの名前を候補として挙げた。店の中には週刊誌一冊置いてあるわけでもないのに、圭子は政治の動向をよく知っていた。

「こういう店をしているとね、いろんな人がいらしていろんな話をしてくれるから、たっぷり耳学問が出来るわ」

今度は二丁目に住んでいる女の名を口にする。彼女は、衆議院議員を長く務め、大臣経験もあった男の未亡人だ。それはそれは見事なゴールデンリトリーバーを飼っていて、毎朝それを散歩させているが、六十代の彼女が犬にひきずられている様子はない。胸を張り、にこやかに挨拶をかわす彼女の姿には、あたりをはらう威厳があった。女主人も飼犬もこのあたりの名士といってもよい。

「あの奥さまは、今でも政治家連中に睨みがきくのね。昔はうちの落ち葉掃きに来てた連中が、テレビの討論会で大きな口叩くのはおかしいっていつも言ってるのよ。でもね、あの奥さまもいろいろ大変なのよ……」

こっくりとまず自分で頷《うなず》いた。

「ひとり娘さんのお婿《むこ》さんとうまくいってらっしゃらないのよ。海外赴任じゃないのよ、仲が悪いから都内で別居なのよ。でもね、気丈な方だから、ちっともそんな素ぶりをみせないの、大したものよねえ……」

圭子はほんの少々、胡椒のように賞賛の言葉を最後にふりかける。それですべて帳消しになると思っているのかもしれないが、確かにかなりの効果はある。

この頃彼女の関心の的は、この町出身の女優についてだ。子どもの頃からよく知っている娘が、テレビで見ない日はないと言われるほどの人気者になったのだから、圭子は得意でたまらない。彼女にしては珍しく、同じ話を何回も繰り返す。

「ミチコちゃんは――」

ミチコというのが、その女優の本名である。

「昔からうちのウィンドウを、そりゃあ熱心に見ていたのよ。どうしても犬を飼いたいんだけど、ママが駄目だっていうから飼えないんだって言うのよ」

幼い時から、人が振り返るほど背が高く美しかった彼女は、中学生になったとたんスカウトされてモデルになった。その時のギャラでまっ先に、圭子のところからポメラニアンを買ったのだ。そこまでもう私はそらで言うことが出来る。しかしこれから先は圭子でなくてはやはり出来ない観察と解説だ。

「ミチコちゃんは、この町の生まれだからお嬢さまっていうことになってるけど、それはちょっと違うのよ。だってあのコのうちは借家だったのよ。あの頃お父さんは失業中で、お母さんが給食センターで働いていたんですもの。あのコがデビューした頃は、どこかに勤めてたけれど、決して『裕福なサラリーマン家庭に育ち』なんてことないわ。

でもね、たいしたものじゃないの、娘の稼ぎで家をちゃんと建てたんですもの。あそこは借家のはずだったのに、きっとミチコちゃんが土地も買ってあげたのね。本当にあのコはいいコなの。とっても親孝行なのよ……」

私は決して潔癖な女ではなかったので、圭子の口からこうして次々と語られる噂話を嫌悪したりはしない。うまい間投詞を投げかけたりもする。けれど頃合いを見はからって、犬を抱き上げる分別ぐらいは私にもあった。

「すっかり長居をしちゃって。留守番の者がそろそろ帰る時間なので失礼するわ」

まあまあ、すっかりお引き止めしてと、圭子もこのあたりに住む女の作法どおり立ち上がる。

「留守番の方って、あの、お店の方の人ね」

「ええ、この頃パートで来てくれる人」

「あら、そう。私はまたお母さまについていている方かと思ったわ。それならいいんだけれど、お大事になさってね、お母さま」

私は母のことを圭子が知っているのではないかと一瞬ひやりとする。最近母の行動に、若年性認知症の症状が現れているのだ。まだ深刻なところまでいっていないが、いずれ覚悟をしなくてはいけないと今朝も妹と話し合ったところだ。もっと用心深くならなくてはならない。自分の抱いている犬に頬ずりされ、熱い茶をふるまわれているうちに、私も知らず知らずのうちに、いくつかのことを話してしまうらしい。

私は他人の噂話を聞く謝礼として、自分の秘密を明かす気はまるでなかった。

「じゃ、クリネちゃん、またいらっちゃいね。じゃね、バイバイ。きっと来てね」

圭子は私の犬の前足をつかみ、手を振るように左右に動かす。それを嫌がらずにさせる犬を一瞬つねりたいと思った。


八歳のクリネは、人間で言うと青年から中年にかかった、というところらしい。マルチーズはすぐ耳の病気にかかる。このあいだからじぐじぐと湿っぽいと、母が私に訴える。

「このあいだ病院に連れていったばかりよ。薬を塗っているから平気だってば」

忙しくてとりあわなかったのがいけなかったらしい。昼食をとりに居間に行ったら、母が涙ぐんでいた。この頃、私の口調がとても荒くて怖いと、母は脅えたように泣くことがある。それも母の老いの異常さのひとつなのだ。私はひしひしと近づいてくる修羅場を思う。この母が狂い出したりしたら、いったいどうなるのだろうか。息子二人を例の——学園に入学させた妹は、それこそエゴイズムの塊のようになっている。財産相続放棄の件を持ち出して、母のめんどうを拒否するに違いない。相続を放棄させたといっても、それは家屋に関してのことで、父が遺してくれた預金や株で妹にはそれなりの配慮をしたつもりだ。しかしそんなことが通じるような相手ではない。子育ての最中の女が、その幸福を守るためにどれほど強く、どれほどずるくなるかを私は過去の経験で知っていた。

「とにかく病院へ連れていくわよ。そうすりゃいいんでしょう」

私は泣き続ける母の肩に触れることも出来ず、不貞腐《ふてくさ》れたように言って家を出た。少しどんよりとした天気だった。私は犬を病院へ連れていく時、バスケットは使わず紐《ひも》をつけて歩く。表通りではなく、遊歩道を歩くコースは朝の散歩道に近い。肉眼ではっきりわかるほど蕾《つぼみ》が赤くふくらんでいた。このあたりは桜の名所となる。といっても住宅地のささやかな名所は、酒盛りをするなどということもなく静かなものだが、ピンク色のトンネルの下は、このあたりにこれほど人がいたのかと驚くほど、散歩する者が増える。

私は橋を渡り、ゴルフ練習場の脇を通って表通りに出た。こうすると圭子の店の前を通らずに病院の前に立つことが出来るのだ。それほどまでして彼女を避ける必要もないのだが、老いた母と口争いをして家を出てきた時に、やはり彼女からにんまりと笑いかけられたくないと思った。

しかしやはり気になり、私は彼女の店の方を眺める。その前に一匹のチャウチャウ犬と一人の女が立っていた。彼女もまた圭子に捕まっているのかと、くすりと笑ってドアに手をかけた。低い機械音がしばらく続いた。私は中に足を踏み入れず、呆《ほう》けたように女の横顔を見つめていた。

石黒久子に似ている。久子の鼻は特徴があり、まるで整形手術をしたかのようにつんと上を向いていた。いまそこにいる中年女の鼻もそのとおりだ。笑った。薄い唇がまくれ上がるようになるのもそっくり同じだ。この女は石黒久子なのか。しかし、そんな偶然がたやすく起こるはずがないと、私の中で打ち消す声が響く。彼女は横浜の郊外に住んでいたはずではないか。それにそこに立つ女はあまりにも年をとり過ぎている。十年前、三十四歳だった彼女は計算せずとも私よりひとつ若いはずだ。しかし犬をひいた女の髪は、半分以上白くなっている。耳のあたりの白髪が、まだ肌を刺す早春の風に揺れているのが、女をいっそう老けて見せた。

久子なのだろうか。私はさらに目をこらす。幸いなことに病院の前は植え込みになっているので、体を深く軒に寄せると、あちら側からこちらは見えない。クリネが不審気に二、三度低く鳴いた。私は靴の先で犬を制しながら女の横顔を観察する。次第に不安になってきた。かつて空想の中で数十回も殺害しようとした久子と私とはたった一回しか会っていないのだから。

その時、彼女の犬が女主人の長話に飽きたのか、下半身を大きくうねらせ地面にいきなり座り込んだ。毛艶の悪さはここからでもよくわかる。黒ずんだ茶色の毛玉がどさりという感じで、さらに大きな塊となった。これほどたくさんの毛が密集しているというのに、女主人と同じように寒々と風に揺れている。そして私の背中が震えたのは風のせいではない。チャウチャウ犬は、十三、四年前に流行していた犬だ。そして私は久子の夫、了治の言葉を思い出した。

「今度うちでチャウチャウ犬を飼ったんだってさ。CMを見ていて子どもがどうしても欲しがったんだそうだ」

間違いないという叫びと、いや、そんなことが起こるはずがないというつぶやきが同時に私の中を駆けめぐり、私は息も出来なくなる。そのままドアにもたれかかったら、また機械音が聞こえた。

「ちょっと、あなた」

同時に藤色のカーディガンが目の前に立った。

「入るなら入ってきてくださいよ。さっきから自動ドアが開いたり閉まったり、風が入ってきて迷惑してるんですよ」

私は後ずさりをしてドアから離れ、そしてもっと大きなものから離れなくてはいけないという思いで走った。途中で左手に何度も抵抗が起こったのは、おそらくクリネがぐずり、私がそれをひきずって走ったためだろう。遊歩道のところまで来て、やっと普通の呼吸と思考が戻った。それほど走ったわけでもないのに、私はぜいぜいと荒い息をした。すると吐き気がこみ上げてきた。が、吐くはずはない。大人というのはめったに吐かないものだ。ただ用心のために私は首を前につき出し、中指で唇を押さえた。クリネがううっと低くうなる。

「静かにするのよ」

私は睨みつけ、靴の爪先で彼の背を軽く蹴った。やわらかい毛の感触が先ほどのチャウチャウ犬を思い出させ、苦いものが本当に喉《のど》のすぐ下までこみ上げてきた。

次の日、圭子の店に行く時間帯を、私はどれほど考えたことだろう。午前中だと彼女の店にいる若い女店員が、掃除をしたり電話をかけたりとあれこれ立ち働いている。なぜか彼女が姿を消す午後の時間帯でも、あまりにも早く行くと、小型犬をシャンプーさせた帰りの女たちが、圭子と奥のテーブルにいる確率が高い。そうかといって今度は遅く行くと、学校帰りの女学生が店のウィンドウの前に立ち、売り物の犬や猫を眺めている時間にあたる。考えてみるとあれほど暇に見える圭子の店であったが、立ち入った話をするのは非常にむずかしいのだ。いや、立ち入った話をするという認識は私だけで、圭子にはあくまでもちょっとした立ち話をしに来たという印象を与えなければならなかった。それもむずかしいことだ。おそろしく勘のいい彼女は、他の女のことを尋ねようものならば、ただちにたくさんのことを嗅ぎとってしまうだろう。

ああした女を相手に演技するのは、私にとって苦手この上ないことだ。あれこれ思案した揚句、私はクリネを連れていくことにした。考えてみると、犬を抱くことなしに私は彼女の店に出かけたことがない。

「元気でちゅかア、キレイキレイになりまちたねえ」

彼女が犬に投げかける幼児語抜きで会話が始まったこともない。一匹の犬や猫は、彼女と普通の女たちの間に交される入場券のようなものでもあり、なめらかさのための油のようなものでもある。そもそもこの町の女のいったい誰が、犬や猫なしで圭子と会ったことがあるだろうか。

クリネは昨日からとても機嫌が悪い。私から突然蹴られたうえに、ろくにかまって貰えないからだ。案の定、圭子はすぐにそのことを察した。

「まあ、クリネちゃん、どうちたんでちゅかア、そんなおっかないお顔して、さあ、おばちゃまに抱っこされていいコになりまちょう」

一匹の白いふさふさとした毛を持つ犬は、まるで贈り物のように圭子の手に渡った。最初はぐずっていたクリネであるが、やがてうっとりと目を閉じた。圭子の豊かな胸の間には、眠り薬でも仕掛けられているのだろうか。クリネは、母や私に抱かれるよりも心地よさ気に目を閉じる。犬にも睫毛《まつげ》はあり、白いそれが時々上下するのは、こちらの様子を窺っているからだ。嫉《ねた》ましさよりも「イヌチクショウ」という言葉が不意に浮かんだ。

圭子はまず口早に、例の女優について語り始めた。彼女にはどうやら秘密の恋人がいるらしい。そのため家のまわりを雑誌社のカメラマンが徘徊しているというのだ。

「ミチコちゃんのお母さんが、うちに来てこぼしていくのよ。ゴミを出すことも出来やしないってね。でも驚くじゃないの、ああいう人たちって恋人と家で会うのよ」

「あら、家族ぐるみのおつき合いでいいじゃありませんか」

空々しいことを言うと自分でも思った。私も昔、女優や歌手といわれる女たちの髪や顔をいじっていたからわかる。彼女たちは自宅を密会の場に使うのだ。泊まっていく男たちのために酒を調え、肴《さかな》を料理するのは女の親たちだった。彼らはマネージャーや運転手となり、スターとなった娘たちにまとわりついている。自分の父も母も兄弟も、彼女たちにとっては情事の床の用意を命ずる者に過ぎないのだ。

あの頃、私も圭子と同じように、なんと多くの秘密を手に入れたことだろうか。圭子にとっての犬や猫と同じ役割を果たしたのが、私の場合ブラシやパフであった。狭いメイクルームの中、素顔の女たちはすっかり私に髪や体を預け、ひそひそ話をしたものだ。私は彼女たちの肌にファンデーションを重ねながら、昨夜の秘密のなごりを指で、耳で聞いた。しかしそれはもう遠い日のことだ。今の私が知りたいのは、大スターの秘密ではなく、昨日垣間見た中年女の過去なのである。

「ねえ、圭子さん、昨日ここに大きなチャウチャウ犬がいたわねえ……」

「ああ、高橋さんのところのワンちゃんね」

あの女は高橋というのか。石黒とは違う。私は安堵のあまり息を吐きかけたが、それをすぐに止めた。久子は離婚したのだから、姓が変わっているのはあたり前ではないか。女の名前が違うことなど、彼女が久子ではない理由にはならない。私は推理の刃《やいば》をあの犬に向けた。

「このあたりでチャウチャウ犬を見るのは珍しいわ。昔は皆競って飼ったものだけれど」

「犬にも流行があってねえ、何だかやたらチャウチャウが好かれたことがあるのよ。でもね、あれは図体が大きいし、食費もかかる。そのくせ中国では食用にしていたぐらいだから頭が悪いわ。一時期保健所にチャウチャウ犬がいっぱい集まったっていうわよ。このあいだのシベリアンハスキーと同じかしら」

　圭子は残酷なことをさらりと口にする。

「あのチャウチャウ、とても年寄りに見えたけどいくつぐらいかしら」

「そうね、そんなにじっくり見なかったけど、十歳ぐらいかしらね。毛が元気なかったし、目がしょぼしょぼしていたわ」

　十歳以上のチャウチャウ犬というと、やはりあの犬と符合する。私は不安のあまり早口になった。

「ねえ、あの高橋さんってどこに住んでいる方なの」

「つい最近六丁目に引越していらしたみたいよ。いい動物病院があってよかったたって、昨日言ってらしたけど……」

「引越し」という言葉は、私に恐怖をもたらした。そんなことがあっていいはずがない。私にあれほどの苦しみを与えた女が、近所に住むなどということが起こるはずはない。

「着ているものもそう悪くなかったわ。六丁目といっても公園寄りの方でしょう。そうでなかったらあんな大型犬を飼えるはずはないし」

六丁目は駅に近く古くからのアパートと新興の高級住宅地が入り組んでいるところだ。

圭子のいつもながらの観察力は、私から自制心を一気に奪ってしまった。

「あの、圭子さん、お願いがあるの」

私はもう呑気に犬の話などしていられない。

「あの奥さんのフルネイムを知りたいの。実はね、あの奥さん、私の知っている人にそっくりなんだけど、離婚しているらしいから単純に声をかけられないのよ」

私の言いわけは、彼女の甘い声ですぐに中断された。

「なあんだ、そんな簡単なこと」

圭子はにたりと笑った。こうした依頼をされるのが嬉しくてたまらないように、小皺《こじわ》がいっせいに円を描く。

「よくある話よ、よくある話。このあたりもね、バブルのおかげで随分人の入れ替えがあったもの。そりゃあいろんな人が来るわ。最近家建てたり、引越してくる人は、たいてい理由《わけ》ありよ」

「理由《わけ》あり」という水商売の女が使うような言葉を圭子はいきいきと舌にのせるのであった。

そしてその「理由《わけ》あり」という言葉は、何度私の夜の闇の中に出てきたことだろうか。もうとうに忘れていたと思っていた記憶の断片が集合し、塊となり、色を持ち咆哮《ほうこう》する。どうやら私はうなされていたらしい。名前を呼ぶ母の声で目を覚ました。

「少し疲れているんじゃないの。紅茶でも淹れてきてあげようか」

今夜の母は頭も口調もしっかりと冴えていて、私の肩にカーディガンをかけようとする。

「あ、いいわ。ちょっとウイスキーをお湯で割って飲むから。あ、自分でします」

「女がお酒を飲まなきゃ寝つけないようになったらお終《しま》いだから。全くあんたはだんだん男みたいになっていく……」

母は背を丸めて部屋を出ていった。この家こそ「理由《わけ》あり」でなくて何だろうかと私は低く笑った。言動がおかしくなり始めた母親とハイミスが二人で住んでいる。娘は結婚していた様子もなく、しかも都心で派手な仕事に就いていたらしい。「ワケアリ、ワケアリ」とどこかでささやく声がする。それを言いふらしているのは圭子なのだろうか、それとも店にナプキンリングやブローチを買いに来る、近くの女たちなのだろうか……。

「まあ、クリネちゃん、いつも元気でちゅね。まあ、いいコ、いいコ」

今日のクリネはひどく興奮していて、圭子を見るなり肩に飛びつき、頬を蜜でもかかっているかのようになめ始めた。あきらかに私へのあてつけであろう。この五日間というもの、私はほとんど相手をしてやらなかったのだから。

「くっ、くっ、クリネちゃんたら、やんちゃさんですねえ……」

身をよじって圭子は犬の愛撫から逃れようとする。彼女ののけぞった首に深い横皺があり、クリネはそこにも舌をはわせようとしていた。

「そういえば、あのチャウチャウ犬の高橋さんのこと、わかったわ」

ふと思い出したように圭子は言ったが、これはいかにも不自然だった。なぜなら注文のノミとり粉が入ったから、それを取りに店に寄ってくれと彼女から電話があったのだ。あの女のことを話すのだという了解は、彼女にも私にもあったはずだ。ところが圭子はたった今思いついたのだという風に、目を空に漂わせる。が、唇はクリネに向けられたままだ。

「あの奥さん、高橋久子さんっていうのよ。昨日、お得意さまメモを書いてもらってわかったの。五年前に再婚してね、すっごい高齢出産で三人めの子どもを産んだんですって。そのお子さんを――学園に入れるんで引越してきたみたいよ……あら、どうしたの。どうしたの」

瞼《まぶた》の奥で熱いものがいくつもいくつも爆発している。私は激しく声を上げて泣いていた。あの久子が私の近くに来ている。しかも幸せになって。こんなことがあるだろうか。久子は私よりもはるかに不幸にならなくてはならない。そうでなくてはこの私が救われるはずはないのだ。

七〇年代から八〇年代にかけての、あの祭りのような日々を、人に説明するのはむずかしいと思う。私は東京のいちばん華やかな場所で、うきうきと忙しい日々をおくっていた。親からさんざん反対されていたヘア・メイキャップ・アーティストという仕事も、その頃は充分に認知されていて、仕事も面白いように入った。有名女優やタレントから名指しされ、あちらのスタジオ、こちらの雑誌社と、私は真赤なジャガーで走りまわっていたものだ。

仕事の後は仲間と酒を飲み、時々は勉強と称してパリへ出かけたりもした。当時の私のたったひとつの悩みは、同棲していた男の妻が、なかなか籍を抜いてくれないということだった。

「意固地になっているんだ。君に嫉妬してるのさ。自分は専業主婦で子ども以外何もないのに、あの人は売れっ子のキャリアウーマンであんなにたくさんのものを持っている。それ以上何を望むのかって言ってるんだ」

時々話し合いに帰る石黒了治は、そう言ってため息をついたものだ。とはいうものの、私たちは八年間も一緒に暮らし、まわりの人たちからは完全な夫婦として遇せられていた。「都会的でおしゃれな夫婦」として雑誌のグラビアに載ったこともある。私の得意の絶頂の頃だ。石黒の妻の久子が、私に対してどれほど激しい憎悪を抱いているかを漏れ聞けば聞くほど、私の勝利感は強いものになった。

八年の間には、子どもを二度ほど堕《お》ろしたが、見栄っぱりの私は他人にひと言も告げはしなかった。いつのまにか私は、都会の先端に生きる女の図を自分でスケッチし、それを演じようとしていたのだ。

そして破局は思わぬところからやってきた。二十二歳になる私のアシスタント。富山から上京してきたばかりの彼女は、訛《なま》りと同じようにニキビの跡もあちこちに残していた。私は彼女を可愛がり、同時になめきっていた。女中のようにこき使う時もあったし、家の奥深いところにも入れた。了治と三人の食事、了治と三人の映画、考えてみると私は隙だらけであったろう。酔い潰れた彼のめんどうを見させたことも何度もある。

気がつくと彼女は了治の女となり、結婚したいと告白したのだ。私は大声で笑った。

「それはいい考えだけど、その男はもう人のものよ。私も八年かけたけど駄目だった。一生愛人のままで、子どもも産めないのよ。それでもいいの」

ところがこの話を聞いた久子は、手を打って喜んだというのだ。あの女以外だったら私は誰でもいい。私はこの日を待っていたの。籍は明日にも抜くわ。ねえ、すぐその若い女と一緒になってね。

そして私のアシスタントと了治の結婚式はすぐとり行なわれた。そして了治は一年もたたないうちに女の子の父親となった。私たちの業界はこういう話が大好きである。誰も同情したりはしない。ただ捨てられた女を嗤《わら》うだけだ。

最初は男を奪った若い女を憎み、次に男を憎んだ。そしてすぐにその二人を足して一千倍したほどの憎しみを男の妻に持った。

久子は全く自分の手を汚すことなく、見事に私への復讐を遂げたのだから……。

「まあ、それはなんてひどい話でちょ」

圭子がつぶやいた。クリネにゆっくりと優しく話しかける。

「人って外見によらないもんでちゅね。あんなおとなしそうな奥さんがねえ……。だけどよりによってこんな近くに引越してくるなんてねえ、運命なのでちょうか」

いずれ私の秘密も嘆きも圭子の胸に抱きとめられ、ガラスケースに容れられる。そして彼女のコレクションのひとつとなるのだ。

初夜

長雨が続いたせいか、今年の雑草は性《たち》が悪い。根が細く深く地中に伸びているのだ。鎌で根元の方を深くえぐるたびに、まだ続く根の底意地の悪さに、純男は舌打ちをしたいような気分になってくる。

裏庭で車の停まる音がした。娘の恭子が歩いてくる。けれども純男は振り返らない。わざとのんびりとした声で、お帰りと声をかけた。それに応えず、恭子は一気に言った。

「やっぱりね、切ることになりそうよ」

かがんだまま娘の顔を見る。照れたように見えるのは、さまざまな感情と戦っている時の娘の癖である。この位置から見ると、娘の顎《あご》がたるんで二重顎になっているのがわかった。

「さっきね、先生からはっきり言われちゃった。ベッドが空き次第すぐに入院してくれって……」

「そうか、そりゃあ大変だったな」

純男はようやく立ち上がり、首に巻いたタオルで額をぬぐった。〝入院〟という言葉を聞いたとたん、汗がどっと噴き出してきたのがわかった。真夏の太陽は、ちょうど真上にある。

「お昼まででしょう。お素麺《そうめん》でも茹でるわ」

「いいよ、無理をしなくても。それより横になったらどうだ」

「平気、平気。別にたいしたことないんだから」

庭の水道で手を洗い、テラスから居間へ入ると、恭子は何かを刻んでいる最中であった。包丁を遣い慣れた女のたてる規則正しい音が、年々亡くなった妻にそっくりになっていくことに純男は気づいている。素麺には少なくとも五つの薬味がつく。青紫蘇、おろし生姜、胡麻、葱、カツオ節などが豆皿に盛られて出てくる。妻もそうだった。そしてそうした律儀さや慎しさが、女たちの薄幸さを示しているような気がしてならない。

体の具合が悪い、貧血気味でふらふらする、と恭子が言い出したのは、五月のゴールデンウィークが終わった頃である。

「それに――」

と恭子は言い澱《よど》んだ。女の体のことをどうやって父親に伝えようかと迷っているのだ。

「へんな出血があるの」

どうしてもっと早く言わなかったのだと純男は血相を変えた。妻の多恵子が乳癌《にゅうがん》からあちこちに転移し、亡くなったのは三年前のことである。多恵子の母も伯母二人の死も癌が原因であった。どうやらあちら方にそういう血が流れているらしい、お前も食べるものに気をつけなくてはいけないぞ、と葬儀のしばらく後、かなり酔って恭子に言ったことがある。

「私は大丈夫」

恭子は静かに答えた。

「私はお母さんや伯母さんたちみたいに、子どもを産んだわけじゃないから」

嫌なことを口走ってしまったものだと、あの夜のことは苦く憶えている。不吉な予感に耐えられず純男は怒鳴った。

「どうしてもっと早く病院へ行かなかったんだ。明日にでもすぐに行ってこい」

次の日、戻ってきた恭子の顔は明るく、ああ助かったと純男は体中の力が抜けるような気がしたものだ。

「あのね、子宮筋腫ですって」

娘の口から初めて〝子宮〟という言葉を聞いたと思った。

「大人の女の人なら、四人にひとりぐらいこの病気を持っているみたい。でも私のはかなり大きいって。どうしてこんなになるまで来なかったんですかって、先生に叱られちゃった」

癌ではなかったという喜びが先に立って、それ以上のことは深く考えなかった。恭子にしてもそれは同じで、

「確かにね、お腹が固くなっているの。お風呂に入った時に、嫌だなあ、中年太りかなあなんて思っていたんだけど」

などと呑気なことを言っていたものだ。

それがしばらくたってから、朝食の席でぽつんと言った。

「あのね、私、切り取らなきゃいけないかもしれない」

「何をだ」

「子宮を」

恭子は下唇を噛んだ。事態のむごさよりも、父親に向かって再び〝子宮〟と発音しなければならない無念さを恨んでいるかのようであった。

「そんな馬鹿な話があるか。いったい誰が言ったんだ」

「遠藤先生よ。昨日の診療の時に」

遠藤というのは、近くの市立病院の担当医師の名だと、聞かされていたような気もするし、全く聞かされなかったような気もする。

「まだ結婚していない娘に向かって、そんなことを言ったのか」

箸《はし》を持つ手が震えてきて、純男は下に置いた。

「結婚してない娘って、私、いったい幾つだと思ってるの……」

咳をするように恭子は小さく笑った。

「先生にも聞かれたわ。結婚の予定はあるんですかって。この年になって、あるわけありませんって言ったら、それじゃあって……」

恭子は今年四十二歳になる。都会で働いている女なら別の形容詞もつくだろうが、田舎に住む家つき娘となれば、〝老嬢〟ということになる。もはや、結婚、妊娠などということが起こり得るはずもなかったが、それにしても子宮を取ってしまえというのは、何という残酷なもの言いかと、衝撃の後は怒りがわいた。

「どうせ市立病院のヤブ医者の見診《みた》てなんだろう。あの病院は、院長が替わってからろくな医者が来ないって評判だ。いくら金を遣ってもいいから、もっといい病院に行け。もっといい医者に診てもらえ」

「お父さんたら……」

恭子はまた笑うふりをしようとしたが、うまくいかずゆがんだ顔になった。母親譲りの色白だが、それが四十過ぎてからめっきりと艶と張りを失ってきた。乾いた布があちこちに動くように、表情を変えると頬や口元にちりめん皺が寄った。おかげで恭子は、笑うとぐっと老《ふ》けて見えるという損な顔になってしまう。

「そうだ、明日、高田に電話をしてやろう。あそこなら県立病院にいい伝手《つて》があるはずだ」

高田というのは、純男の家の分家筋にあたる。ここのひとり息子が東京の医大を卒業した後、戻ってきて共産党系の大きな病院に勤務している。そうだ、あの息子なら医者同士、さまざまな繋がりがあるに違いないと思ったとたん、純男は気持ちがぐっと楽になった。気がつくと大きな声を出していた。

「お前だってこれから何があるかわからん。女のいちばん大切なものを、そんなに簡単に失《な》くされてたまるものか」

「お父さんたら……」

恭子は悲し気に笑ったが、口のあたりに皺が寄り、まるで五十過ぎの女のように見えた。

どうして化粧をしないのだ。

不意に腹立たしさがこみあげてきた。どうしてもっと華やかに身を装い、明るい紅をつけないのか。こんな風に地味で身なりに構わないから、不幸がお前にしのび寄ってくるのだ。

胸の中に湧いてくるさまざまな言葉を、純男は舌で奥の方に押し込んだ。それがいかに理不尽なことか、自分がいちばんわかっていたからである。

そんな苛立たしさも一ケ月前のことだ。恭子は高田の息子の勤める病院で検査を受け直し、それが今日の宣告になった。

大きな手術をすると言われても、家に帰りいつものように昼食の仕度をする娘が、純男は不憫《ふびん》でたまらない。もはや怒りや苛立ちなど混ざらない純粋な哀れさが、純男の心を貫いていく。

この娘は――

静かに素麵をすすっている恭子を純男は眺めている。

――一生男を知らないまま、子宮を切り取ろうというのか――

おそらく恭子は処女である。それは男親の直感でわかる。恭子が二十代の頃まで、そのことは純男の密かな誇りでもあった。二十年前の田舎町は、今とは比較にならぬほど保守的なところであったが、それでも多くの娘は結婚前にさまざまなことを知っていた。けれども純男は娘を清らかなままに保ったのだ。

純男はあの頃夢想していたものだ。恭子の夫となるべき男が現れる。結婚式の後、彼は感激したおももちでこう言うだろう。

「お父さん、ありがとうございます。恭子さんを美しいまま僕にくださったんですね」

けれどもそんな男はついに現れなかった。

自分の娘が、嫁《い》けぬ女だと考えたことは一度もなかった。世間を見渡してみれば、恭子よりもはるかに不器量で、性格も悪い娘たちが次々と嫁いでいく。そしてすぐに妊《はら》み、太ってだらしない、適度に幸福な母親になっていくのだ。

恭子にはそんなありきたりな道を歩ませてたまるものかと思った。また歩むはずもないと考えていた。

純男の家は昔このあたりきっての大地主であった。今、近所に小綺麗な家を建て、車をガレージに二台入れている連中も、元をただせば純男の家の小作人の息子たちである。その妻が産んだ娘たちと、自分の娘が同じような立場にあるはずもなく、またあってはならないというのが純男の考えであった。親の欲目ではなく、恭子はこのあたりの少女たちとは品が違っていた。いつか車を走らせていた時、セーラー服の一団とすれ違った。その中に恭子がいて、父親だとわかって手を振った。同じような制服を着ていても、ショートカットの恭子はひときわ清潔で愛らしかった。

あの頃の恭子は美人というのではないが、肌が綺麗で、ちんまりとした目と口を持っていた。親戚の年寄りたちは、純男の母親の若い頃とそっくりだと口々に言ったものだ。純男の母親は、この町で初めて女学校まで進んだ女である。庇髪《ひさしがみ》に大きなリボンをつけた彼女が人力車に乗って帰省すると、子どもたちが歓声をあげて後を追ったという。女ばかり三人姉妹の長女であったから、十八歳の時に婿《むこ》取りをしたが、この時の婚礼の豪華さはそれから何十年も語りぐさになった。京都で誂《あつら》えた花嫁衣装と道具類、婿への結納金も人が目をむくほど豪勢なものであった。

などというような家の伝説を、恭子に聞かせたのは純男ではない。それは専《もっぱ》ら妻の多恵子であった。旧家に嫁いだことの重責が、やがて誇りに変わるのが妻の場合大層早かった。幼い恭子の叱り方を見ていても、

「あなたは普通の家の子とは違うのだから。みんなのお手本にならなきゃいけないのだから」

などと、妻が姑から言われた言葉がそのまま使われていたものだ。

しかし心に幾つか思うことがあっても、所詮純男は男親であった。恭子の教育はすべて妻に任せ、ほとんど口出ししなかった。あの頃の父親などというのはみんなそうしたものだ。

当時純男は県庁に勤めていたが、高度成長の最中で毎日仕事は山のようにあった。恭子の受験に関してもすべて妻に任せていたといってもいい。

恭子は子どもの頃からよく勉強したが、成績は決して努力と比例するものではなかった。

肝心の試験の前によく風邪をひいた。腹をこわしたりもした。

「私って、ヤマというものがあたったことがないの」

高校生の恭子が言ったことがある。

「お友だちでもいるの。何にも勉強してないから、イチかバチかでこのページだけやっておこうと思う。そうするとね、ものすごい確率でそこが試験に出るんですって」

「そんなことで試験の点がよくなっても、何にもならないだろう」

純男はおごそかに娘を諭《さと》した。

「たまたま運がよかっただけの百点なんて、努力してとった五十点にも及ばない。人生なんてそんなもんじゃないんだから」

ああ、自分は何と間違ったことを娘に教えていたのだろうかと、純男は身もだえしたい気分になる。人間は時として、いや、いかなる場合も要領というものが必要だとどうしてあの時言ってやらなかったのだろうか。

結局恭子は、東京の第一志望を落ちて、地元の公立の女子大に入った。まわりの友人たちはどんなことがあっても東京の学校へ行きたいと息まいて、二流、三流の私大へ進んだものだ。けれどもあんなところは大学ではない。行っても何の価値もないと多恵子は言い、恭子も東京行きにそれほど固執しなかった。

確かに昔から、恭子は強い自己主張や反抗をしたことがない。その必要がなかったといってもいいだろう。

多少はうるさいところがあっても、多恵子はこまめに働く優しい母親であった。家の中は師範の免許を持つ多恵子の生け花が飾られ、レース編みの小物が置かれていた。恭子には手づくりのおやつと洋服があたえられ、当時はまだ珍しいベッドに寝かされていた。

恭子はこのあたりきっての良家の娘として、ごく穏やかに健康に育ったといっていい。その穏やかさが裏目に出るのは後年になってからだ。

女子大を出る頃から、恭子には縁談が幾つか持ち込まれた。これについて多恵子は強気を隠さなかった。

「今どき恭子みたいな子は、探したっているもんじゃないわよ」

夫に対してさえ自慢した。

「まわりの同級生を見てごらんなさいよ。みんな三流の東京の大学行って、派手な格好をして帰ってきているじゃありませんか。あっちで傷ものにされてみっともない」

恭子の日常については多恵子が厳しくチェックしていた。以前、地元の国立大の男子学生から頻繁に電話がかかってきた時も、多恵子はやんわりと取次ぎのたびに嫌味を言い、ついに彼を諦《あきら》めさせたほどだ。

「恭子にどういうおつき合いをしているのって聞いたら、クラブが一緒なんですって。個人的におつき合いしたいの、って聞いたら別にって言うから、それだったら別に電話で話さなくてもいいんじゃないのって言ってやりましたよ」

得意そうに報告する多恵子を見ながら、何もそこまでしなくてもと内心純男は思ったものだ。青春の一時期、言い寄ってくる男を軽くあしらう。このくらいの楽しみがなくては女として生まれた甲斐がないではないか。そうだ、この時まで純男は、恭子の明るい未来を疑わなかった。娘はもうじき恵まれた縁談を手に入れるだろう。医者やあるいは銀行員といった男たちと恭子は結ばれるはずだ。そのためにもわずかな曇りも今のうちに拭い去った方が得策かもしれない。

けれどもことは思うとおりにいかなかった。ある日純男はいちばん末の妹から電話を貰《もら》った。やはり医者に嫁ぎ、恭子の写真や釣書をいちばん数多く持ち帰った世話好きの女である。

「ねえ、お兄さん、恭子ちゃんのことだけど、お婿さんじゃなけりゃだめなんだ、ってみんな言ってるけど本当なの」

そんなことはないと、純男は即座に否定した。たったひとりの子どもだから、将来家を継いでくれる男と結ばれたらと考えたこともあるが、まわりの情況を見ればそれは到底無理だということはわかっている。

「そうよねえ、うちなんか昔からの地主だなんて威張ってたって、今は何も残っていないものねえ。婿さんを欲しいなんていうのは間違っているわよねえ」

この妹は、実家の最後の輝きを享受したといってもよい。まだ家の威光が充分に残っ

ていた頃であったから相応の相手を見つけ、それにふさわしい仕度をして貰ったものである。その妹から、

「うちなんかとっくにおちぶれているんだから、昔みたいなことを考えてちゃ駄目よ」

と釘をさされるとやはり腹立たしさがこみ上げてくる。

この妹は四つほど医者の話を持ってきたが、すべて恭子の方で断わった。多恵子の説によると、太っていたり、背が低かったりと〝少々難あり〟ばかりだったという。

「医者っていうことだけで、飛びつくような相手じゃないわよ」

多恵子は少し範囲を拡げ、銀行や官庁に勤める青年たちの釣書も集めるようになった。が、ほとんどの場合、彼らは農家の長男である。東京の一流大学を出、地元でエリートと呼ばれる彼らは、長男ゆえに親元によび戻されていたのだ。

「畑の手伝いをさせない、って言ったってそんなことはあてにはならないわよねえ」

多恵子がため息をつく。

「恭子のあの性格だもの、舅《しゅうと》やお姑《しゅうとめ》さんが鎌持って畑に行ったら、知らん顔をしていられるわけがないわよね。でも私、あの子にだけは絶対土いじりさせたくないの」

そんなことをしているうちに、恭子は二十五歳になろうとしていた。純男は妹から再び電話を受けた。

「あのね、お義姉《ねえ》さん、とても評判が悪いわよ」

お義姉さん、というのは多恵子のことだ。

「あの家は宮さまのところへでも嫁《や》るつもりだろうかって言ってるわよ。長男じゃなくて、家が農家じゃなくて、しかもいい大学出て、風采もいいなんていう男、この田舎でいったい何人いると思っているのよ」

狭い町のことで、恭子の写真と釣書は同じようなところをぐるぐるまわっているのだと純男は想像した。

「あれじゃ恭子ちゃんまでいろいろ言われて可哀想よ。でもね、恭子ちゃんもいけないわよね。縁談なんてスパッと決める気持ちが必要なのに、それがまるっきり無いんだもの」

純男の見たところ、恭子の決断力の無さ、臆病さはすべて男性経験の無さが原因である。男を何人か知っている女なら、もっと明快に答えを出せるはずだ。男とはどういうものかわかっているため、このレベルならと割り切ることも出来るし、合格点を出すのも早い。

純男は妹にもう少し長い目で見てやってくれと頼み、電話を切った。

それからさらに時間が流れた。それは純男の一家の今まで味わったことのない屈辱の始まりだった。恭子が二十七歳になった頃から、男の側から断わられることが起こり始めた。

同時に男のレベルが格段に下がっていったのは誰の目にも明らかだった。

初めて再婚の男との縁談が持ち込まれた時、多恵子は思わず大きな声をあげたものだ。次は、子連れでもいいかという問い合わせがあり、そのときはもう何も言わなくなった。

三十を過ぎた時、人の勧めで東京の結婚相談所にも出かけたが、これには母子二人が怯えて帰ってきた。多恵子は法外な料金に驚き、恭子はずけずけものをいうカウンセラーという中年女に、すっかり気分を害してしまったのだ。

それでも長いうちにはいろんなことがあった。

近くの町の、古くからの資産家の息子が恭子をすっかり気に入り、すぐにでも婚約をとせきたてたことがあった。これはことのなりゆきに疑いを持った多恵子が興信所に調べさせたところ、親が許さない年上の女との関係が浮かび上がってきた。どうやら息子のことを案じた親たちが、彼にせっついていたらしい。

三十四の時、国立大学に勤める助教授と見合いをし、しばらく交際をした。相手も異存がないということで、純男夫婦はこれが最後のチャンスと喜び合ったのであるが、結納の直前になって恭子がどうしても嫌だと言い出した。四十一歳にしては多過ぎる白髪、ぽっちゃりした指を見ると、吐き気さえするという。多恵子に最後は泣いて訴えたと聞き、純男はすべてを諦めることにした。

この後も縁談は幾つか持ち込まれたが、かなり高い確率で相手から断わられるようにと頼んだ。

なった。話を持ってきてくれた者とごく親しい仲だったので、純男は率直に言ってくれ

「やはり娘の年齢が問題なんだろうか」

「いや、そういうことじゃなくて……」

相手は言い澱んだ。

「僕が聞いた話だと、恭子ちゃんにまるっきり色気を感じないっていうんだ。僕から見ると今どき珍しいようないいお嬢さんだと思うけれどもねえ、今の若い男はちょっと考えが違うようだねえ」

受話器を持つ手が怒りで震えた。色気がないというのは、いったいどういうことなのだろうか。親元で過ごし、清潔に真面目に生きてきた娘が、多少野暮ったいのはあたり前のことではないか。それを色気がない、という言葉で遠ざけてしまうのか。

もういい、これからは親子三人慎しく静かに生きていこうと純男は覚悟を決めた。幸い停年後のサラリーマンにしては、内福な生活が出来るはずだ。

家作も幾らか残っていて、毎月の駐車場のあがりだけでもかなりのものがある。いずれは駐車場をひとつ潰《つぶ》してアパートを建てるつもりだ。そうすれば自分たち夫婦が亡くなった後も、恭子が困ることはない。

そんなことを考えていた矢先、多恵子の癌が見つかったのだ。予想していたことであ

るが、恭子は献身的に看病にあたった。最後の半年間は病院に泊まり込み、末期の苦しさにあえぐ母親のマッサージを続けた。

「私は幸せだったかもしれない……」

通夜の席で身内の者に語っていた恭子の姿を、今も純男ははっきり憶えている。

「普通、お嫁にいった娘はろくに親の看病出来ないでしょう。でも私は最期までちゃんと看取ることが出来たから、幸せなの」

親の下《しも》の世話をしたことが幸せだという娘がせつなくて、純男は密かに涙を流した。この時、喪服を着た恭子は、老嬢にふさわしい貫禄と悲劇性をすっかり身につけていたといってもいい。

簞笥《たんす》の前で、恭子がボストンバッグに何やら詰めている。病院にもっていくものは小さく仕分けられ、それぞれきちんと風呂敷に包まれていた。

「お父さん、何度も言って申しわけないけど、明日陽子ちゃんが来たら、台所のメモをまず見てくれって言ってくださいね。あそこにいろんなことが全部書いてありますから」

陽子というのは、恭子の入院中手伝いに来てくれる遠縁の娘である。

「えーと、あとお父さんに言っておくことは、必ずガスの元栓を締めてもらうことと……」

恭子は点呼するように、片手を上げた。白いニットのシャツの胸元が揺れたのが見えた。全体的に痩《や》せぎすの娘だが、胸だけは借り物のような豊かさを持っていることを純男は知っている。もし恭子が若く、愛する男を持っていれば、さぞかし相手を喜ばせたことだろう。

「じゃ、私もう寝るわ。明日は十時までに病院行かなきゃいけないから」

「一緒に寝ないか」

自然にその言葉が出た。

「今夜ぐらいお前の部屋で寝ていいだろう」

恭子の唇が動き、いいわよと言った。

「その替わり、お父さん、いびきをかかないでね。私、寝不足になると困るから」

「大丈夫だ。酒を飲まないようになってからいびきはかかない」

自分のいびきの音がうるさいことは、おそらく亡くなった妻から聞いていたのだろう。

純男は温かい気持ちになる。

風呂から出て、恭子の部屋へ入るとベッドの傍に、客用の夏布団が敷かれていた。枕元には団扇《うちわ》も置いてある。

「もしかしたらこの部屋、蚊が出るかもしれないから、そうしたら言って頂戴」

「ああ、わかった」

恭子は木綿の半袖の寝巻きを着ていた。スーパーで買ったものと一目でわかる安物の花柄だ。さんざん洗たくしたらしく、かなり色褪《いろあ》せていた。

「色気のない娘」

と数年前に言われたことをふと思い出した。

夏の闇はどこか明るく、窓ガラスを通して白く照り輝くものがある。裏庭の蛍光灯の明かりだろうか。

娘の部屋に寝るのはもちろん初めてで、純男は落ち着かない。恭子にしてもそれは同じだったろう。隣りのベッドからは、まだ寝息が聞こえてこなかった。

眠れないのか。無理もない。明日入院して、三日後か四日後には子宮を切り取られる運命が待っているのだ。

一度も男を知らない女の子宮というのはさぞかし美しいだろう。やわらかく赤い肉で出来ていることだろう……。その時、恭子の声がした。

「お父さん、起きてる」

「ああ……」

「あのね、言おうと思ったんだけど、私の筋腫の大きさ、ちょうど新生児の頭の大きさなんだって。面白いね。子どもを産んだことない私なのに、赤ちゃんとそっくりなものをお腹の中でつくってたなんて」

「そんなことはもういい」

純男は低く怒鳴った。まるで自分の今考えていたことを見透かされていたようだ。

「明日早いんだからもう寝なさい」

「はい、わかりました」

寝返りをうつ気配がする。

また長い沈黙があった。今ならまだ間に合うかもしれない。純男は自分のなかに湧いたある考えにとり憑《つ》かれそうになる。純男がこれから街に出て、男をひとり探しあてる。そう格好が悪くなく、まだ若い男だったら誰でもよい。そしてこの部屋に連れてきて、寝台に眠る娘を指差す。

「お願いだ、この娘を抱いてくれ。男を知らないまま、子宮を切り取られてしまう娘なんだ」

それよりも……。純男は大きく深呼吸する。父親である自分が恭子を抱くのだ。三十センチ伸ばせば手が届くところに眠っている愛しい娘。その娘に最初で最後の記憶をつくってやりたい。たとえ父と娘が交わったとしても、どうしてそれが罪になるだろうか……。

やがてベッドから寝息が聞こえてきた。その安らかさを破ることは誰も出来ない眠りが、ようやく娘に訪れようとしていた。お前も眠るのだと純男は自分に言い聞かせる。娘とともに眠り、娘とともに目覚めるのだ。それが娘の不幸を分かつ、たったひとつの方法だということがやっとわかってきた。

メッセージ

〝魔が差す〟という言葉がある。突然悪魔が心の中をかきまわし、気がつくと悪いことをしてしまうという意味らしい。

何かの雑誌をめくっていた時、町田留美はこの言葉を目にし、ページを閉じて考え込んでしまったことがある。倉崎浩二とのことは、魔が差したというのだろうかと、自分に問うてみたのであるが、いや、違うとすぐに結論が出た。〝魔が差す〟というのは、受動的な、いかにもめめしい感じがする。言いわけの言葉にはぴったりだろう。しかし、ああしたことは、留美の場合突然やってきたのではない。浮気について、自分は長いことあれこれ考え、想像をめぐらし、相手や方法について思案をした。それはちょうど初体験というものに似ているかもしれない。

留美は今年三十五歳になる。年代的にそう奔放な青春時代をおくったというわけではないが、最初に男女の交わりのことを知った十二、三歳の頃からずっとそのことを考えていたのだから、まあ早熟と言えるだろう。

毎晩鏡を持ち、自分との距離を次第に縮めてみる。これがキスをする時、男が見る自分の顔だと合点した。やがて雑誌や友人の話からさらに深い知恵を身につけていく。明るい電灯の下、こんなふうに手鏡と向かい合うだけでは不充分だと思ったのだ。夜眠る時に、鏡を布団の中に持ち込むことにした。あおむけになった状態で、暗闇の中、鏡を向けてみる。白く浮かび上がる自分の顔は、とても気味が悪かった。鼻の穴がむき出しになり、滑稽といってもいい。男というのは、こんな角度から見た女の顔に幻滅しないものだろうかと何やら不安になる。

そして十七歳の時に、初めて具体的なことが起こった。その頃つき合い始めていた高校の上級生から体を求められたのだ。

「あの男が、私の初めての男ということになるのか」

そう考えると不満が募る。そもそも相手の執拗さと、恋人がいなくては仲間と話が合わないという留美の見栄とによって始まった交際なのである。キスをするぐらいまではいいとしても、それ以上のことを行う男ではないと留美は判断した。

だから相手の男の子が、留美のある日突然ぷつんとはじけるようにふくらんできた胸をいじろうとした時、こうはっきり言ったものだ。

「ここまでにしてね。私、まだそういう気分になれないの」

〝まだ〟などという余計な副詞をつけたのは、留美なりの思いやりというものであったのだが、相手はすっかり自分の都合のよいように解釈してしまった。おかげで何度か危ないめに遭ったほどである。

初体験の相手として留美が選び出したのは、もっと別の年上の男である。早々と短大の推薦入学が決まった後、印刷工場で教科書を発送する仕事をした。ここで大学生の男と知り合った留美は、あっさりと体を与えてしまう。

留美が思い描いていた初体験の相手に、彼がいちばん近い容姿を持っていたこともあったし、初めてセックスをするなら十八歳までと留美が思い描いていたプランもあった。

ベッドの上の留美は、かなり堂々と振るまい、

「本当に初めてなのか」

と相手はかなり不審がったものだ。痛みはあることはあったが、そうひどいものではなく、留美は本に書いてあることは少し大げさだなあと、ひとり了解したものだ。

そうした留美の気質は、二十年近くたってもあまり変わるものではなかった。友人たちから、浮気の体験談を聞くたびに、留美は、しゃっくりのような胸から喉にかけての、甘たるい衝撃をおぼえた。それを欲望とか好奇心と認めるには、留美は少々プライドが高い。

「私は、どうも探求心というものが人よりも強いようだ」

留美は思った。

「たとえ悪いことでも、自分でも知りたくてうずうずしてしまうんだもの」

女の一人は言う。他の男とつき合いたくなったり、誘惑に負けてしまうっていうのは、やっぱりこちらにもそれなりの状況というものがあるのね。三十を過ぎて、夫はもう私のことを、まるっきり女として見ない。それから子育ても一段落する。するとぼうっと空いた時間に、なんだか相手はうまく入ってくるのよ。

わかる、わかるわと別の一人も言った。

知らないうちに、大きなピリオドをひとつうってたの。ホッとすると同時にね、このピリオドっていうのが悲しくってね、何だか全然別の段落を始めたくなったのね、それも夫がまるっきり知らない段落よ……。やたら抽象的な言いまわしを好む女であったが、だいたいのところを留美は理解した。

今思い出してみると、浩二と知り合ったあの頃は、確かに留美の生活に、章が終わるピリオドというものがあったかもしれない。

ひとり娘の絵里が、念願の私立中学に合格したのである。小学校の時に、幾つかの私立を受験したがすべて不合格であったから、親も子も大喜びであった。やっと姑に対しても面目が立った。

「医者の娘が区立へ通うなんて……」

と、さんざん嫌味を言った姑なのである。

留美と夫の隆幸とは、学生時代に知り合った。短大の時から留美は、精出して医大のパーティーへ出かけていたのであるが、そこに公立医大の最上級生だった隆幸がいたのである。短大時代のグループで、よくいろいろなところへ出かけたが、結婚までこぎつけたのは留美ひとりである。おかげで女友だちの間からいくつか陰口が聞こえてきたが、留美は知らん顔をしていた。

計算だけでは結婚は出来ない。が、愛情だけでも結婚は続くものではない。自分はそのへんのバランスが、昔から奇妙にうまいだけなのだ。初体験、いくつかの恋愛と同じように、結婚に対するシミュレーションも、自分の中で何度も繰り返してきたから、隆幸との生活もすんなりと始めることが出来た。

が、姑だけは想像していたよりもはるかに手強《てごわ》かった。隆幸は、東京近郊の小さな薬屋の息子である。薬剤師の医者に対する憧れやコンプレックスというのは、サラリーマンとは比べものにならないほどすさまじいものらしい。一家を挙げて、長男を医者にしようと頑張ってきたうちだから、その誇り高さはなみなみならぬものがあった。姑ときたら、息子はどこかの令嬢と結婚出来るものと本気で考えていたようだ。短大出で、普通の勤め人の娘である留美に対して、かなり意地の悪いことをしたものである。

特に腹が立ったのは、娘の教育にあれこれ口出ししてきたことだ。

「うちの血筋ならば、頭の悪いはずがない」

という言葉を、まるで呪文のように何度もつぶやかれた時は心底ぞおっとした。

中学受験で再び失敗したら、あの呪文はさらに長く、低くつぶやかれたにきまっている。決して積極的に勉強するタイプではない娘をなだめ、半ば脅し、塾へ通わせた。受験間際には家庭教師もつけた。姑はまるで玉の輿《こし》のように言っているが、大学病院勤務の医師が、いったいどれほどの給料を貰っているか知っているのであろうか。有名な塾や家庭教師の費用を工面するために、留美は最後の一年間ほとんど洋服を買わず、趣味のサークルもひとつやめたほどである。

精神的にも経済的にもぎりぎりの綱渡りを続け、それで手に入れた合格は、嬉しさというよりも安堵を留美にもたらした。入学式の日、私立の制服を着た絵里と親子三人、ホテルの写真室で記念撮影をして帰ってきたとたん熱が出た。しつこい悪性の風邪が続き、病院へ通ったほどだ。

あの時は本当に大変だった。悪寒《おかん》と咳とで家事が出来ず、実家の母親に来てもらうはめになった。

そしてゴールデンウィークが始まる頃に風邪はやっと完治し、留美は美容院に出かけた。厄落としというほど大げさなものではないが、そこでパーマがとれかかった髪をすぱっと短かく切ってもらったのである。

思いがけぬほど長びいた病にもいいところがあり、三週間で留美は四キロ瘦せた。

「町田さん、顎の線がものすごくシャープに綺麗になってるから、思いきってうんと短かくしましょうよ」

なじみの美容師の言葉を、留美は賞賛ときいた。四月の陽光が鏡の枠いっぱいに射し込み、女盛りを満ち足りて過ごす留美の顔を輝かせた。まだ若い綺麗な肌だと自分でも思う。わずかに二重の線をつくる顎が悩みだったのであるが、それも今は解消したようだ。

美容師が鏡の前を離れた隙に、留美は小さなあくびをした。その時、息と共につぶやきが漏れた。

「私も、浮気しようかなあ……」

その言葉に留美は驚き、そしてくすりと笑った。自分はなんと正直者なのだろうというおかしさ。そして今自分が望めば、かなわぬものはないという自信。

あの日、確かにピリオドがうたれ、留美は新しい段落を求めていたに違いなかった。

浩二はある大手の出版社の編集者である。これも留美の好みにかなっていた。もし愛人を持つことがあれば、夫とは全く違う職業で、しかも普通のサラリーマンでなければいいと、留美は空想の中で考えていたからである。そうかといって、変わった職業や、肉体労働者などというのもまっぴらだと思う。無職の若い男とつき合ったばかりに、さんざん金をむしりとられた人妻の話を、留美は仲間の女から聞いていたからである。その点、編集者というのはなかなか知的に見えるし、留美の興味をひく。短大を卒業した時、既に隆幸との結婚が決まっていたから、留美は就職もせず家事手伝いという身の上になった。しかしもしＯＬになっていたとしたら、当然出版社というのはターゲットに入れていたに違いない。

そして浩二と留美とが知り合ったきっかけは、皮肉なことに娘の私立中学合格であった。

「なんでも『一流私立中学合格の秘訣―母親はこう努力した』っていう座談会をやるんですって。もちろん仮名にするし、後ろ姿しか映さないようにするっていうから、町田さん、お願いよ」

突然電話をかけてきたのは、娘の小学校時代の同級生の母親である。夫はマスコミ関係と聞いていたが、出版社の編集部というところに勤めていることを初めて知った。そういえば彼女本人も、どこかあかぬけた格好をし、さばさばしたところがある。

「だったらおたくがお出《で》になればいいじゃないの。おたくの恭子ちゃんも私立に合格したんだし……」

留美の言葉に屈託なくけらけらと笑う。

「ダメ、ダメ。私立っていっても、うちは偏差値四十七のとこなんだから。編集部が欲しいのは、偏差値六十以上のとこなのよ。ねえ、町田さん、お願いよ。主人の後輩から頼まれてるのよ。『レディス画報』っていえば、そう悪い雑誌じゃないでしょう」

その雑誌は時々留美も買っている。グラビアが多い贅沢な雑誌だ。ああいうものをつくる編集者というのは、いったいどういった人種なのであろうかと、つい曖昧な口調になってしまった。

「ねえ、町田さん、お願いよ。世の親たちに、いかにして優秀な子どもをつくり上げるかっていうことを教えてあげてちょうだいよ。それが一流っていわれるところに子どもを合格させた親の義務よ」

受話器の向こうの女は、自分が編集者になったかのような口調である。絶対に仮名にして、写真もわからぬように撮るという条件で留美が承諾したのは、やはり娘の合格という晴れがましさと共に、持ち前の好奇心のせいだと後で留美は何度もこの時のことを思い出す。

その日、さんざん迷った揚句、留美はレモンイエローのスーツを着ていった。入学式に着ようとして、実家の母・姑双方から「派手過ぎる」と反対されたものである。

しかし今日は生まれて初めて編集者という人たちに会うのだ。あまり野暮ったい格好でいきたくはない。顔が判別出来るような写真は撮られないとわかっていたが、午前中は美容院へ出かけた。丁寧にブロウしてもらうと、留美の髪は栗色に輝き出す。白髪はまだ一本もない。

銀座のホテルの会議室で、五人の母親が顔を合わせたが、留美は自分がとびぬけて若くて美人だという確信を持った。絵里を産んだのは二十三歳の時であったが、ここにいる女たちの中ではおそらくいちばん早かったのではなかろうか。

中学から子どもを私立に行かせようという家ならば、母親は、おしゃれにも気を使い、ものごしも洗練されているものであるが、留美以外の四人はいずれももっさりとした〝おばさん〟という雰囲気だ。

今年、息子を麻布中学に合格させたという母親などは、まるで牛のように太っていて、あれでは子どもが学校でからかわれるのではないかと、留美は人ごとながら心配になった。

「皆さん、今日はお忙しいところ、本当にありがとうございます」

背の高い男が立ち上がって挨拶をした。ネクタイを締めず、薄いタートルネックのセーターにジャケットという服装であるが、無礼な感じはまるでなかった。それどころかスーツ姿よりも、はるかにしゃれて見える。綿素材と思われるズボンは、ゆるやかな不思議なかたちをしていた。これが浩二であった。

「わたくしは『レディス画報』編集部の倉崎と申します。こちらは――」

傍の若い女を紹介した。女は可哀想なほど不器量であるが、着ているものが大層しゃれているので、ほとんどの人はかなりのところまで誤魔化されるはずだ。

「うちで記者をしております、斎藤と申します。本日は司会をさせていただきます」

「どうぞよろしくお願いいたします。『レディス画報』では、最近特に教育問題に読者の方々のすごい関心が集まっております。アンケートでも、ぜひこちらの特集をやってくれという声が多いんですよ。お子さん方を一流私立に合格させた皆さん方というのは、読者の羨望の的なんです。どうか今日は、そのお知恵の一端を我々にお与えください」

女はこういう場に慣れているらしく、よどみなく言葉が出てくる。人との接し方も大層如才ない。

「合格までは、大変なご苦労がおありだったでしょうね。そこのところをまず順番にお話しいただけませんか。端からということで、まずは関さんから……」

牛のように太った女は、関という名前らしい。見た目は鈍重であるが、おそろしく早口である。まずは自慢話をひとくさり始める。

「うちは主人が麻布、東大なんですの。皆さんのおたくもそうでしょうけど、こういう男親っていうのは大変ですよ。男の子なら麻布から東大へ行くもんだって決めてかかってるんです。当然そうなるものと、信じて疑いませんの。わたくしはね、幼い時からとにかく子どもに絵本を読んできかせました。そうやって反応を見ていくんですよ……」

長方形のテーブルの真中に座っていた留美は、少しずれて男と向かい合う位置になっている。男は眉が太く、二重の大きな目をしている。そのわりには童顔に見えないのは、おそらく唇の薄さのためであろう。への字に下がった唇は、彼を意地悪気にも皮肉屋にも見せる。しかしその唇が水平の位置に戻ると、男がなかなかのハンサムだということはすぐにわかった。唇や顎のあたりでしきりに動く男の左手を留美は見ていた。指輪がないことを密かに喜んだのである。どう見ても三十代半ばに見える男は、おそらく既婚者であろう。それでも結婚指輪をしない男というだけで、留美は嬉しい。

男はふと目を上げて留美を見つめた。それはいささか無遠慮な視線であった。彼の立場であったら、五人の女たちを平等に見つめなくてはいけないはずだ。それなのに男のそれは、あきらかに選別をした末での視線なのである。留美は男を咎《とが》めようと、唇で合図をしようとした。軽く苦笑いするつもりだったのだ。ところが男は、いきなりニヤリと笑いかけてきたのである。左手で口元を隠しているのであるが、留美の位置からは白い歯さえ見える。それは共犯の笑いであった。

「やってられないよな。あんただってそうだろ」

唇以上にその目は語っていた。関という女はまだ喋り続けている。

「わたくしはね、私立合格というのは、子どもに対するプレゼントだと思っておりますの。だから息子にはよく言ってきかせました。今はママのことを恨んだり、イヤだなあって思うかもしれない。だけどね、あなたが大人になった時に、きっとママにありがとうって言ってくれると思うわ。わたくし、教育の根本っていうのは、今日を考えることじゃなくて、十年後を見つめることだと思っておりますの。それは主人も同じ教育方針ですわ」

結局一時から始まった座談会は四時近くまでかかった。そろそろ夕食の仕度をしなくてはいけない女たちは、そわそわと立ち上がる。その時、男が意外なことを言い出したのだ。

「皆さん、お忙しいとは思いますが、お時間がある方だけでも夕食はいかがですか。コーヒーでも飲んでいるうちに、下のアーケードの店が開くと思うんですけれど」

斎藤という女の記者が、けげんそうな顔で男を見つめた。交通費という名目で、先ほど留美たちは封筒に入った金を受け取っている。もうこれ以上用事も、接待する義理もないはずであった。

後で浩二は言う。

「とにかく必死だったよ。このままあんたを帰したら、きっかけっていうものがなくなっちゃうからな」

驚いたことに女は三人とどまった。留美と関という女、それから娘を日本女子大の付属に合格させたという、真黒にゴルフ焼けした女である。コーヒーハウスでとりとめのない話をした後、三人の女と浩二とは開店早々のホテルの中の和食屋へ入った。ビールを飲みながら聞く浩二の話は大層面白く、女たちは大はしゃぎしたものだ。女性誌の編集部に配属される前まで、浩二は文芸誌に籍を置いていたのであるが、そこで何人かの作家を担当していたという。

「名前は言えませんが、誰でも知っている流行作家です」

と前置きして、浩二はその作家の女性に関するトラブルを話し始める。原稿を書いているホテルで、本妻と愛人が鉢合わせをした。その時、作家は大あわてで壁から絵をはずし、愛人に持たせたという。すぐにやってきた妻に向かい、ホテルの部屋に絵をおさめているギャラリーの人だと説明するためだ。

「もちろん奥さんにはすぐにわかりますよ。化粧が濃いから。たぶん銀座のギャラリーの方なんでしょうねって、嫌味を言ったそうですけど」

ゴルフ焼けの女は、大げさに手をうって笑う。

「まあ、作家の奥さんも大変ねえ。度量が広くなきゃ出来ることではないわ」

途中で席をはずし、留美は家に電話をかけた。幸い夫は夜勤の日なので、冷凍庫のハンバーグを調理して食べるように娘に指示したのである。

「それなら、友だちとファミレスに行ってもいいでしょう。そこで夕飯食べる」

中学生になったとたん、行動半径が急に拡がった絵里は、うきうきした調子である。

それで留美はぐっと気分が楽になった。食事の後、浩二は今度は軽く飲もうと女たちを誘ったが、それも従《つ》いていくことにした。夕食が心配だからという関が帰り、ゴルフ焼けした女と留美が残った。後で浩二は、

「一生懸命トランプのババ抜きをしてるのに、まだついてくるのか、という感じだった」

と打ち明けているが、その苛立った感じは、留美にははっきりと伝わり、男の怒ったような目を見ると体が爪先から痺《しび》れた。こんな感触は何年ぶりだったろうか。酒が入ってくるにつれ、男はますます魅力的に見えてくる。話が面白いばかりでなく、しぐさが気がきいている。それに時計や靴の凝《こ》っていることといったらどうだ。茶色のどうということのない靴なのであるが、よく手入れされてにぶく光っている表面を見るたびに、留美は息苦しくなってくる。靴にこれほど手間ひまかける男は、いったいどれほどやさしく女を愛撫するものであろうか。たぶん留美の知らない世界は、この靴の歩く先に拡がっているのだ。そして決定的な浩二の美点があきらかになった。

「僕は独身ですよ。バツイチっていうやつです。三年前に女房がうちを出ていってからずっとひとりなんですよ」

勝利は目前に迫っていた。自分が望んでいたものが、とてもよい状態で目の前に現れる。そんな幸運を留美は何度か経験している。夫の時もそうであった。だから二軒めの

バーで電話番号を聞かれた時、留美はためらうことなくむしろ誇らしくメモを差し出したものだ。

「また記事をお願いしてもいいですか。うちの雑誌は、町田さんみたいに綺麗でセンスのいい奥さんをいつも探してるんですよ」

男の言葉を何と可愛らしいのだろうと、微笑んで聞いた。全く、言葉で取り繕うことほど、欲望がぶざまに出ることはないのだ。

浩二からの電話がかかってきたのは、それから五日後であった。もてなし上手の主婦のアイデアということで、二、三コメントをくれないかというのだ。

「ご自宅の近くまで行きますよ。お昼でもどうですか」

近くのサンドウィッチ・ハウスで軽い昼食をとった。その時に浩二ははっきりと、仕事ではなく純粋にデイトの申し込みをし、留美は承諾した。二人は既に了解が済んでいたことになる。だから四日後に、ホテルの上のバーで飲んだ後、こぜり合いや懇願というものもなく、すんなりと五階下のダブルの部屋へと入っていけたのだ。

「しょっちゅう、こんなことをしてると思わないでくれよな」

長い接吻を終え、なぜか浩二は威嚇するように言ったものだ。

「モデルや、アルバイトの女に、すぐ手を出す編集者がいるけど、僕はそういうんじゃないんだからな。本当にあんたにひと目惚れしたんだ」

そうでなきゃ、取材で知り合った人の女房とこんなおっかないこと出来るかよと、浩二は乱暴に留美のワンピースのジッパーをおろした。それからわくわくすることが始まった。留美は初体験の男と夫を含め、三人の男しか知らない。それも若い頃に知り合った男たちである。夫の方はそう成長の気配もなく、淡々とした夫婦関係が続いているだけだ。浩二のセックスは、特殊なことをしているわけでもないのに、すべてが新鮮だった。まずいくつかのリズムがある。突然手荒に裏返されたり、脚を開かれたりしたかと思うと、そこからデリケートで静かな行為が始まるのである。そしてそれがしばらく続くと、今度は雄々しい打楽器の時間になる。

留美はとまどいながらも、とにかく従いていこうと走る。息切れがする。それが歓喜の鼻息だとわかるのに時間はかからなかった。「まだ、まだ」と心のどこかで計算していたのに、留美はいきなり噴水のように噴き上げられていったのだ。

友人の話どおり、後悔など少しも感じなかった。男の胸の中で呼吸を整えながら、留美が手にしていたものは、充足感である。

「浮気なんていうものは、こんなに簡単に出来るものなんだ」

しかし油断をしてはいけないと留美は考える。もしかして家に帰ったとたん、罪の意識に自分はさいなまれるのではないだろうか。娘の顔をまっすぐに見られるだろうか。

「また会ってくれるよね。このまま別れるのはイヤだよ……」

男の手が伸びて、髪をいじり始めたが留美は黙っていた。そういうことは家に戻りすべてを確かめてから答えることにしよう。

ところが、予想していたような罪の意識はまるで起こらなかった。パジャマのまま宿題をしていたらしい娘が、二階から降りてきた時は少々うろたえたが、ケーキの箱を出して誤魔化せる程度のものであった。

この時、娘が無邪気にケーキにかぶりついたら、また別の感情もわいたかもしれないが、めっきり大人っぽくなった絵里は、甘いものに顔をしかめる。

「やだあ、こんなもの今の時間食べたら、明日の朝、大変なことになっちゃう。ママったら私を誘惑しないで」

その誘惑という言葉に、少しばかりドキリとしたぐらいだ。帰りが遅い日を選んでいたので、夫と顔を合わせることもなく、その日は風呂に入って寝た。いつもよりもゆっくりと湯舟につかり、体のあちこちを確かめる。留美の立場がわかっているらしく、浩二はどこにもキスマークをつけていなかった。あれだけの激しさを見せながら、これは出来るようでなかなかむずかしい作業だ。どうやら浩二はかなり遊び慣れているらしい。しかも大手出版社勤務という立場は、それなりの社会的地位もあるし、夫や留美のいる世界と触れ合うこともない。

「また会う約束をしてもいいだろう」

留美は首すじに絹のタオルをあてながら考える。

「多分あの男なら安全だ。あんなぴったりの相手が現れるなんて、私はついているかもしれない」

こうして浩二との交際が始まったのであるが、当然のことながら留美はすべてのことに大層気をつかった。連絡をとるのは、留美の方からと決め、会社に電話をする時は偽名を使った。

「大川事務所の遠藤っていってよ」

浩二は楽し気に計画に加わる。

「大川事務所って何なの」

「そんなもの、ありゃしないよ。大川と遠藤っていうのは、僕の大学の時の同級生の名前。出版社なんて、やたらいろんなところから電話かかってくるんだから、誰も疑いやしないよ。だけど電話かける時は、ハキハキとキャリアウーマンっぽくしてくれよな。シロウトさんの電話はかったるくって、すぐにわかるんだよ」

娘の受験のために辞めた、フランス語の勉強会にまた入り直したと嘘をついた。このサークルは、勉強会とは名ばかりで、しょっちゅう食べ歩きや観劇に出かけるグループである。このことを夫もよく知っていたから、夜遅くまでの言いわけに使うことも可能だ。

留美はさらに用心を重ね、ホテルを使うことも拒否した。都心のホテルというのは、さまざまな人が利用している。自分や夫の知り合いと出くわさないという保証はなかった。レストランやバーに行ったのだと言い張っても、男と一緒のところを見られるのはまずい。働いている女ならともかく、普通の主婦がやたらホテルに出入りするのはいかにも不自然である。

留美は密会の場所に、浩二のマンションを使うことを提案した。出版社の安くはない給料をそのまま使える浩二は、中目黒に小綺麗なマンションを借りていたのだ。地下鉄をうまく乗り継いでいけば、留美の住む街からそう時間はかからない。おまけに歩いていける距離に、気のきいたイタリアンレストランや鮨屋が何軒かある。都心で会うよりも、はるかに安全というものであった。

こうして月に二度の、浩二との逢瀬《おうせ》はなめらかに開始された。月に二度という数字はなかなか理にかなっていると留美は思う。そう相手に溺れることもないし、そうかといって鼻につくこともない。適度の距離と愛情を保っていける回数だ。

浩二と会う日は、温めるだけにした夕食を用意し、夕方家を出た。マンションでは、これまた早めに会社を退《ひ》けた浩二が待っている。出版社というところは時間が自由になるところで、忙しい時は徹夜に近い状態が続くのだが、それが終わると昼間から映画を観たりしているらしい。

オートロック式のマンションは、ブザーが鳴って鍵が開く仕組みだが、この時間が留美にはとても長く感じられる。時々扉が向こう側から開けられたりする。テレビドラマでは、こんな時知り合いに出くわしたりするのであるが、そんなことはまずあるまい。家賃が高いマンションであったから、中年以上の住民が多く、たいていは滑稽なほど小さな犬を連れた五十がらみの女だ。彼女たちは留美に目をとめる様子もなかった。

合い鍵を渡しておこうと浩二が言ったことがあるが、留美はとんでもないと答えた。キイホルダーに余計な鍵をぶらさげておくなどというのは、夫以外の男がいると、自分から見せびらかしているようなものではないか。そうかといって鍵をハンドバッグや宝石箱にしのび込ませておくのもあまりにも危険が大きい。

「随分用心深いんだね。まあ、あたり前か」

浩二は皮肉っぽい笑いをうかべたが、この時の表情を、妙に留美は憶えていたものだ。あの時既に何かを感じていたせいかもしれない。

まことに快適に見えた留美の不倫であったが、十ケ月めに終焉《しゅうえん》を迎えることになった。全くの偶然であるが、始まりと同じように娘の絵里がきっかけである。絵里は帰宅途中、家の近くでオートバイにひっかけられて、左足を骨折するという事故に遭ったのだ。浩

二との密会の日でなかったことを、留美はどれほど神に感謝したことだろう。病院に向かう途中、

「私がいけなかった。娘の足を無事に治してくれたら、私はもう二度と彼には会わない」

と手を合わせ、心の中で何度もつぶやいたものだ。幸い絵里のケガはたいしたことがなく、入院も一週間だけで、あとは通って治ると医者は言った。

ああ、よかったと留美は少し涙ぐみ、そして本当にもう二度と浩二とは会うまいと心に刻みつけたものだ。この殊勝さは留美が神との誓いを絶対に守ろうとしたからだけではない。そろそろ男とのことに飽きてき始めたこともある。

秋に隆幸が内科副部長に就任した。この若さでたいしたものだと、祝いの電話が次々にかかってくる。その年送られてきた歳暮の豪華さといったらなかった。十万円分のデパートの商品券の包みは、確かな重みがあり、それは今の留美の幸福のように持ちごたえがしたものだ。あの時に、もしかすると、

「そろそろ潮どきかもしれない」

と留美の中に決意が芽ばえていたのだろう。

絵里の退院が明日に迫った夜、留美は浩二に電話をかけた。家の中にコードレスの電話はいくつかあるが、彼にかける電話は決まっていた。それはリビングルームの奥の、

テレビの横に置いてあるものだ。ここだと帰ってきた家族が、急にドアを開けたとしても会話を聞かれる心配がない。

クリーム色のなんのへんてつもない受話器であったが、それはいつのまにか特別の存在になっていた。掃除の途中、ふとそれが目に入りひとり顔を赤らめたこともある。が、この受話器を男のために使うのも今日が最後であった。留美は物語のヒロインにふさわしく、背筋を伸ばし、低い声でつぶやいた。

「本当に楽しかったわ。でもね、あなたとのことはもう終わりにしなきゃいけないのよ。やっぱりいけないことをしてきたんですもの」

「随分早かったよなあ」

男は受話器の向こうでつぶやいたが、言葉の少なさに、彼の驚きと怒りがあらわれているようであった。が、それはそれで留美を満足させる。この男はまだ自分に未練を持っているらしい。が、自分にはない。持っていないことがこれほど優越感をもたらすのは、おそらく未練だけであろう。

「あんたっていう女は最後の最後まで自分勝手だよなあ。もし僕が別れたくない、って言ったらどうするつもりなんだ」

男のこんな脅しも可愛い。

「それは困っちゃうわ。でも私は、あなたのことを信頼しているし」

「ふっ、ふっ、僕も見くびられたもんだよな。僕がもし、あんたの旦那にすべて話すっていったらどうするんだよ」

「そんなことするはずはないでしょう。あなただって一流出版社の社員なんですもの。立場っていうものがあるもの」

「あんたね、出版社の社員を誤解してるよ。我々はふつうのサラリーマンなんかと違うやくざな商売なんだよ。スキャンダルなんかびくともしないよ」

「いやね、そんなおかしな口調、やめてちょうだいよ」

ここまでは留美は楽しんでいた。あれほどクールに見えた男であるが、案外自分に対して本気だったらしい。しかしそれは最後に味わうデザートのようなもので、甘味がわかったとたん匙《さじ》を置かなくてはならない。そろそろ夫が帰ってくる時間でもある。

「とっても楽しい時間を持てたんだから、それでいいじゃないの。私はとっても素敵な思い出だと思ってる。ねえ、私たちみたいな仲の二人は、思い出以上のものを求めちゃいけないのよ」

「本当に思い出だけかなあ……」

男は確かに含み笑いをした。

「あんた、何か残してるものがあるんじゃないのか」

そんなはずはない。留美は必死になってこの十ケ月のことを思い起こした。

友人に誰ひとりとして打ち明けていない。

手紙を書いた憶えもない。

自分の方はもちろん、男の友人、知人にも会っていない。

行きつけの店というのもつくらなかった。中目黒のレストランには順ぐりに出かけていたし、後半になるとむしろ浩二の部屋で出前をとることが多かった。

留美は裁判所の被告席に立った自分を思いうかべた。証人側には浩二が座っていて、どこからか夫ではない見知らぬ男の声が聞こえてくる。

「それではあなたは、この証人に、一度も会ったことがないと言うのですね」

「ええ、昨年の五月、仕事で一回お会いしましたがそれっきりです。その証人が何と言おうとも、証拠というものがまるっきりないでしょう……」

もう一度留美はすべての記憶を戻してみる。手紙どころか、メモも一行も書いたことがない。浩二の部屋には何ひとつ置いていないはずだ。歯ブラシや櫛《くし》といった類のものはもちろん、ＣＤや本一冊置くことも留美はなかった。

以前、浩二がふざけてポラロイド写真を撮ってくれたこともあったが、あれは枚数を確認して、家にすべて持ち帰り台所の流しで燃やした。最初は火がつきづらかったが、印画紙の部分にさしかかると、パッと勢いよく燃え出したものだ。あの炎の大きさを、今でもはっきりと留美は憶えている。自分は言ってみれば完全犯罪を成し終えたのだ。

この犯罪は人が死んだり、傷ついたりしているわけではない。だからこちらが完全犯罪と宣言しても、何の文句もないはずだった。

「もう電話切るわよ」

留美は言った。

「もう私、あなたに二度と電話をしませんから、よろしく……。私もつらいのよ」

最後の言葉は自分でもとってつけたようだと思ったとたん、ある音が突然留美の耳によみがえる。あの機械音の一部のような女の声。

「ただいま出かけております。ご用件はテープにどうぞ」

いつもは無視し、浩二がいない時はがちゃりと切った時間だ。しかしあの時は違っていた。絵里が交通事故に遭った時のことだ。気が動転し、受話器に向かって喋り続けた。

「そんなわけであさっての約束、キャンセルしてね。いずれ落ち着いたら、私たちのことで話したいことがあるの。いくら愛し合っていても、むずかしいことは山のようにあるわ。そんなことをどうか理解してちょうだい……」

あれからまだ日は浅い。留美の声がテープに記録されている可能性は充分にあった。もしテープがあるとしたら、どうやって取り戻したらいいのだ。どうして自分は、終わりという時に「愛し合っている」などという言葉を使ったのだろう。留美は混乱のあまり、受話器を持ったまま、荒い息をする。

「あんたさあ……」

浩二の声が次第に離れていく。

「世の中の男やすべてのことが、自分でコントロール出来ると思ってるのは間違いだよ。そのくらい、まだわかんないとはね」

留美は声が出ない。ひょっとしたらこの沈黙さえも録音されているかもしれないという恐怖に今とらわれている。

眠れる美女

このバーは、チーズも凝《こ》ったものを置いてある。熟成させたミモレットとブリーがほどよい大きさに切られて盛りつけられ、それに干した枝つき葡萄とイチジクが添えられていた。

陽に干されて、イチジクはウズラの玉子ほどの大きさだ。二つに割って中の種子を見せている。薄茶色の粒を変形した固い皮がとり囲んでいた。

それを指でつまみ、なんて自分に似ているのだろうかと、岩崎淳美《あつみ》はひとり笑った。

淳美は今年四十九歳になる。昨年あたりから始まった体の不調が更年期によるものだとわかった時、悲しみや落胆よりも淳美の胸に訪れたものは安堵という感情であった。

つらい何年間かを過ごせば、生理という厄介なものと別れを告げられるのだ。若い時から淳美は生理痛がひどいうえに、周期がひどく不規則だった。白いものを着ていて失敗しかかったことが何度もある。もうああしたわずらわしさから、永遠に解放されるのかと、むしろ嬉しい気分さえしたものだ。

ところがそんな自分の考えが、どれほど間違っていたものか淳美はすぐに思い知らされることになる。病的なほどつらい肩こりの後に頭痛がやってきて、その後は〝ホットフラッシュ〟と呼ばれる突然の発汗や悪寒である。そして淳美はしみじみと知った。女の体が年をとるということは、花や果実と同じで乾燥することなのだと。

いくら汗をかいても、体の奥の方は乾いているのがわかる。爪はすぐに割れるし、踵《かかと》はがさがさと音をたてる。肌はもちろんのこと小皺《こじわ》が増え、化粧ののりがめっきり悪くなった。

それよりも確実に自分の体が砂漠化しているとわかるのは、セックスの時である。全く濡《ぬ》れなくなってきたのだ。男がいくら指や舌で愛撫をしても、あのぬるりとした感触はやってこない。それどころか、淳美は自分の襞《ひだ》に男が自分の指紋をつけているような気がする。がさっと男の中指が動いているのがわかる。

淳美が若い頃、男の指はまるで魔法のように、体のほら穴の中でいくつもの泉を探りあてた。自分の意志や快感よりも、さらに早いスピードと力強さで、泉はたくさんの水を地表に噴き出したものである。

それについて男たちは卑猥なからかいを口にしたり、あるいは素直に喜んだものだ。二十代の淳美は、男の反応に恥じて出来るだけそのことを悟られまいと、固く脚を閉じたことさえある。けれども泉の水は、ももを伝わってひと筋の跡をつくる。そればかりではない。淳美の水分は額の生えぎわや腋から蒸発しようとした。ことが終わった後、淳美はぐったりと汗まみれになったものだ。

そして三十代になった頃、淳美は汗をほとんどかかなくなった。しかし脚の間の水の量は変わらず、それは二十代の頃よりも粘度を帯び潤う速度を増した。手順がわかっている男の指ならば、すぐに淳美をエクスタシーに導くことが出来たぐらいだ。

しかし今、淳美の体からは急速に水分が失われてしまった。コラーゲンやプラセンタを飲もうと、漢方を使おうと、淳美の襞の奥からは何もやってこない。淳美はふと、自分の幾重かの襞が、古書のページのようになっているのかと思うことがある。

「こうなったら、昔のお女郎さんが使ってたっていう〝ふのり〟でも使おうかしらね」

ごく親しい女友だちにそんなことを言ったこともある。けれども相手が恋人となると、そう呑気なことは言っていられない。

男は四十歳になる。淳美が経営する編集プロダクションに入ったのは、今から八年前のことだ。大手の出版社に勤めていた男が、どうして自分のところのような小さなプロダクションに来たのかと調べたところ、社内の女性関係が原因であった。男と女のことにルーズなマスコミの世界は、たいていのことは大目に見てもらえる。彼の場合は、女にからんで使い込みもしていた。

「クビにするなら構わないぜ。どうせすぐにわかることだと思っていたんだから」

こちらを睨んだ目が忘れられないと思い、そしてすぐに深みにはまってしまった。弘志には妻と息子がひとりいて、淳美は離婚経験のある女である。利用されているのではないか、本当は別れたがっているのではないか、という猜疑心《さいぎしん》が大きくなったり、小さくなったりの八年間だったような気がする。九人いる他の社員は当然二人のことを知っているが、弘志はその点思慮深く、決して人前で亭主風を吹かせることはない。陰ではいろんなことを言っているだろうが、今のところ表立っては反乱は起きていない。彼が尊大に気ままに振るまうのはベッドの上ぐらいだ。そこでの彼の微妙な変化に、淳美はとうに気づいている。

挿入までの時間が短かくなった。とにかく今入れておかなければという風が見えるのは、淳美が乾いてきたからに違いない。淳美は普通の女よりもはるかに率直なところがある。男に言った。

「無理をしなくてもいいのよ。こんなに濡れてこなくなるとは自分でも思わなかったもの」

そんなことはないさと弘志は答える。

「こういう感じも、そう悪くないもんだぜ」

あの男は見かけによらず、ずっとデリケートでやさしいところがあると淳美はひとりごちた。だけどこのイチジクのような女を抱いたって、何の楽しいことがあるだろうか……。

「岩崎さん、今日の赤はいかがですか」

気がつくとバーテンダーの国枝が目の前にいた。さっきまでカウンターの端にいるカップルの相手をしていたのだが、淳美の様子に気づいてこちらに向かってきたのだろう。

「ちょっとトスカーナみたいな味がして面白かったわね」

「そうでしょう、このイスラエルはお勧めですよ。ヘタなフランスやイタリアものよりもずっといい」

国枝とは十年以上前、ワインの本をつくる時に知り合った。あの頃はバブルの最中で、ワインはとにかくボルドー、ブルゴーニュの高く名のあるものが喜ばれた時代である。そんな時彼は、まだ日本では知られていなかったチリやアルゼンチンといったものの名を挙げた。ソムリエの資格をわざと取らない、変わり者のバーテンダーということで紹介されたのであるが、淳美とは気が合って、彼が店を移った後も、たまにこうしてカウンターに座るのである。といっても常連の女客がよくするように、バーテンダーをひとり占めするという野暮なことを淳美はしない。ひとり遊びの出来る女客というのはめったにいるものではないが、淳美は静かに酒を飲み、あれこれ考えごとをして過ごす。なにしろひとりで酒を飲むというのは、十代の頃からしてきたのである。その姿は当然隙はなく、みじめたらしさといったものからは縁遠い。

「よく聞かれますよ。カウンターでひとりでカッコよく飲んでいるあの女の人は、いったいどういう人かって。女の社長さんですとお答えすると、みなさんなるほどっておっしゃいますけど」

時々そんなことを国枝は告げたものだ。その彼が気を遣い、相手をしようと近づいてきたのだから今夜の淳美はよほど所在無気に見えたのであろう。もう一杯おつぎしましょうかと彼は言った。

「お願いするわ」

どういう仕掛けになっているかわからぬが、彼の注ぐグラスワインは、今日のように新興国のものもあれば、栓を抜くなどとんでもないような高価なものもある。すべては彼の気まぐれなのだ。

「イスラエルっていうのは、とにかく土がカラカラに乾いている土地ですからね、葡萄はいいですよ。この頃とんでもないものがひょいと出たりします。特におとしのものは、何本かお買いになった方がいいですよ」

カラカラという言葉が、音をたてて淳美の中で繰り返される。淳美は珍しく、軽い自暴自棄という酔いの中程のところまでいっきに来ていた。

「まあ、イスラエルって、本当に私と同じだわ」

国枝はおやおやといった表情をする。知り合った頃が三十歳だから、今はもう四十二か三になっているだろう。これほど長いつき合いであるが、彼に妻がいるかどうかも知らない。が、多分いるだろう。離婚でもしていない限り、四十代の男には必ずといっていいほど妻がいるものである。

国枝の妻だったら、三十代半ばから後半といったところか。充分にジューシーな年代である。女の水分というのは徐々にではない、ある日ぴったりと止まる。本当にぴったりとだ。彼の妻はそんなことをまるっきり知りはしないだろう。淳美は次第に露悪的な気分になってくる。

「国枝さん、年はとりたくないわよね。女も五十が目の前になると、体中が乾いてカサカサになってくるわ。もちろんあそこも濡れなくなってくるのよ。そうなるとみじめなものよね」

「女の人の魅力は、そんなもんだけじゃありませんよ」

「そういうことを言って、男は女を慰めようとするけれども、聞くだけで白々しい気分になってくるの。じゃ、男がいて、年とった女と若い女とのどちらを選ぶかといったら、百人が百人、若い女を選ぶでしょう。男の人の本能っていうのは元々そういうものらしいもの」

「そんなことはありません。若い女に無いものを求める男というのはいくらでもいますよ」

「あら、若い女にないものって何かしら。皺と弛《たる》んだお腹よね。そういうものを求める男って本当にいるものかしらね」

「いや、男というのはね、もっと複雑でとてもいっしょくたには出来ないものですよ」

カップルの方は、もうひとりの若いバーテンダーが相手をしている。他に客はいない。国枝はもう一杯いかがでしょうかと尋ねる。お願いするわと淳美は答えた。国枝はつまらない仲間うちの話ですが、と前置きし、淳美の前に立った。


私の学生時代、仲のよかった友人がいます。ここで苗字を言ってもいいのだけれども、とても変わった名前なので一度聞いたら忘れることはないでしょう。岩崎さんのように世間の広い人は、もしかするとどこかで会うことがあるかもしれないので、仮にAとしておきます。いや、Aというと話しづらいので佐藤という名前にしておきましょう。佐藤というのは別に変わったところもない男でした。私たちと同じように酒を飲み、授業をさぼり、女の子をナンパしていました。私たちの時代は、新島へ行って女の子をひっかけるというのをよくやっていましたが、彼もその常連でした。昼間何人かの女子大生に声をかけ、時間差で民宿にしのんでいった、などというのを自慢するような、ごく普通の男だったんです。そうハンサムというわけでもないけれども、人懐こくて可愛気のある男です。彼は卒業すると自動車の販売会社に入って、そこでも結構楽しそうにやっていました。

その彼が二十七歳の時に、十五歳年上の女と結婚したと聞いて、私たちはそりゃあびっくりしたものですよ。当時三つ四つ上の女と結婚しても、何も好き好んで三十女と……なんて私たちは言っていたぐらいですからね。仲間中大騒ぎになりました。

佐藤はいったいどうしてそんな馬鹿なことをしたのか。もしかしたら幼い頃に母親と死に別れて、ものすごいマザコンなんじゃないかと言い出す奴がいましたが、これは違います。彼の両親は今も健在です。デパートの重役をしているお父さんを持つ、東京のごく普通の中流家庭で、奇妙な女の好みが入り込む隙なんかまるでないのですよ。私は彼のお母さんと親しかったのですが、あの頃本当に泣き暮らしていました。こういう時母親なら誰でも思うでしょうが、息子は悪い女に騙《だま》されている、なんとかして欲しいと頼まれたぐらいです。

あまりにもまわりが反対するので、彼はこっそりと籍だけ入れ、式も披露宴もあげませんでした。が、私のことは特別に思っていてくれたのか、その女性と食事をする機会をつくってくれたのです。正直言ってちょっとがっかりしました。華麗なロマンスやもの凄い美女を想像していたのですが、そこにいたのはただの中年女だったんです。

今、四十二歳の女性をつかまえて中年なんていったらそれこそ怒られてしまいますけれどもね、二十代のあの頃の男からみれば年増もいいところです。芸大を出た陶芸家ということで、アーティストというんでしょうか、ろくに化粧もしていないのでますます老けて見えました。年上女のこってりした色気というのからはほど遠い女です。学生結婚をしていて、別れた夫との間に二十歳になる娘がいるというので、私はもう声も出ません。だったらその娘が二十七歳の佐藤と結婚する方がずっと自然じゃありませんか。けれども話しているうちに、確かに魅力のある女の人だとは思いましたね。とらえどころのない、というのでしょうか、こちらを向いて喋っていても、視線がひょいと別のところへ向いて何か別のものを見ているのがわかる。その何かを一緒に見たいと思わせるような女の人なのです。

彼女が山の仕事場で使うための四駆を買いに行って、佐藤がひと目惚れしたということです。その気持ちが理解出来る、というところまではいきませんが、そんなこともあるかもしれないなあ、というところまで私は思ったかもしれませんね。

そしてあれから十五年がたちます。そして大方の予想を裏切って、佐藤は別れることもなく、あの女の人と仲よく暮らしているのですよ。四十代の女と暮らすというのならわかります。岩崎さんを前に世辞を言うわけではありませんが、女がまだ充分に若く綺麗な時です。けれど、四十二歳の男盛りが、もうじき六十になろうとしている女を愛する構図は、我々の理解を越えて奇怪なものがありはしませんか。

つい最近のこと、学生時代からの仲間が集まって飲むことがありました。四十代の男が喋ることといったら決まっています。会社の愚痴と色話です。浮気盛りというのでしょうか、たいていの男は若い女と浮いた話のひとつやふたつあってそれを自慢します。

するとと仲間のひとりが言いました。

「おい、佐藤、お前はもちろん外に若い女がいるんだろうな」

「いや、そんなことはない」

彼はきっぱりと言うじゃないですか。

「僕は結婚して以来、他の女に興味を持ったこともないんだ」

どよめきが起こりましたよ。まあ気のおけない昔からの仲なので、さらにひとりがこう言ったんです。

「それじゃお前は、二十七の時から一度も若い女の肌に触れていないっていうことなのか」

「ああ、そうだ」

佐藤は憮然として答えました。

「それがいちばんエロティックな関係だと思うよ。若い女をつまみ喰いするよりもはるかにね」

一同はかなり白けてしまい、やはりあの男は変わり者だということになってしまいました。

「老女趣味というのがあるらしいぞ」

帰りのタクシーの中で、あの質問をした仲間のひとりが言いました。

「日本じゃあまりないけどな、ほら、アメリカで七十、八十の婆さんを強姦して殺すって事件があるだろう。一種の変態趣味じゃないかな」

変態趣味といわれたら佐藤も浮かばれないなあなどと思っていたら、それから何日かして彼から電話がかかってきました。一度じっくり飲みたいから、泊まりがけで来てくれないかと言うのです。

私はそちらの方面に疎《うと》いのでよくわかりませんが、陶芸の世界で彼の妻はなかなか売れっ子だそうで、多摩の奥に窯場《かまば》を構えていました。シーズンになるとそちらに泊まり込みになり、佐藤が週末訪ねていくことになるようです。昔の農家を買い取り手を入れ、とても住みやすくしている。都心からそう遠くないのに、山の中にあってとてもよいところだ。一度遊びに来てくれと前から言われていたのです。

ちょうど連休があり、店も休みということで、私はとびきりのワインとチーズを持って青梅線に乗りました。駅まで佐藤が車で迎えに来てくれました。犬を連れていましたが、途方もなく大きなゴールデンリトリーバーです。奥さんがわが子のように可愛がっているというのですが、車に座るなり私の首をペロペロなめ始め、あれには閉口しました。

その犬を何とか避けながら、車で二十分ほど連れていかれたところに佐藤の妻の窯場はありました。山の中の一軒家を想像していたのですがそんなことはなく、小さな集落の中にありました。遠目にはその中の一軒に見えますが、中に入ると金をかけてしゃれた別荘風にしてあるのがすぐにわかりました。床暖房に、家具は日本の古いものとイタリアンとをうまく組み合わせてあります。昔からの大きな梁《はり》が天井に通っていて、照明も凝ったものばかりです。ひょっとして、佐藤はこうした贅沢な暮らしがめあてで、年の離れた女と別れられないのだろうかという卑しい考えがちらっと私の頭をかすめたほどです。

そして十五年ぶりに見る佐藤の奥さんは、年相応に老けていましたが、前よりもずっと綺麗になっているような気がしました。四十代の時は化粧をしていなかったのに、六十近くなった今では薄く化粧をし赤い口紅をひいています。それがほとんど白くなった髪とよく似合ってモダンな感じです。陶芸をやっているだけあり、やはり普通よりもあかぬけた格好をしているのです。私が訪ねて行った夜も、白いニットに長いデニムのスカートをはいていたのです。ゴールデンリトリーバーは、そのスカートをひき裂かんばかりに甘えます。

夕食が始まりました。佐藤から聞かされていたのですが、奥さんは本当に料理がうまかった。自分で焼いたという荒っぽい感じの皿の上に、川魚を焼いてエスニック風の味つけをしたもの、カボチャとブルーチーズのサラダ、野菜をたっぷり添えたローストポークなどが並びます。裏の畑で採れた長ねぎのクルミ和えなどは抜群にうまかった。料理好きの陶芸家ということで、このあいだは女性誌のグラビアから取材されたということです。

彼女は佐藤よりも酒が強く、私の持っていったワインを大層喜んでくれました。そして酔うほどにこんなことを言います。

「私はこの人に対して、やっぱり悪いことをしたと思っているのよ」

佐藤のことです。

「私はこんな仕事をしているから、世間の人にどう思われてもまるっきり関係ないの。でも彼は違うわ、私とのことがサラリーマンとしてのこの人に、どれだけ損をさせたかと思うと、すまない気がするわね」

佐藤は何も喋らず、犬の喉を撫でながらにこにこと笑っています。おそらく奥さんは、酔うといつもこんなことを言っているのかもしれません。確かに佐藤は、あれから会社を二つ替わっています。バーテンダーなんぞをしている私を除けば、大学時代の他の仲間はまああの場所にいるので、佐藤の失速は誰の目にもあきらかです。けれどもそんなことを口にするほど私も馬鹿ではありません。

「そんなことはありませんよ。僕から見ても佐藤はとても幸せな男だと思いますよ。僕たちはみんなほどほどの相手を見つけて、ほどほどの幸せを手に入れようとしている。だけど佐藤は心から惚れることの出来る女の人とめぐり会えたんですから、僕から見ても羨しいですよ」

最後の言葉は白々しいと思いました。本当に佐藤のことが羨しいかと問われれば、まるっきりそんなことはなかったからです。目の前にいる女は、おしゃれで身綺麗にしているといっても、やはり六十近い年齢です。顎の線はもうあやふやになっています。ニットの胸元から見える肌は、細かい皺がまるで和服の生地のように寄っていて、すっかり張りを失くしているのがわかりました。こういう女を抱いて、佐藤は本当に嬉しいのだろうか。彼の性器は本当に反応していくのだろうかと、私はつい考え込んでしまったのです。

そんな私の気持ちを察したに違いありません。奥さんが先に休み、二人だけで飲んでいる時、佐藤はこんなことを言い出したのです。

「いったいいつの頃からだろうか、僕は若い女の大きくぷりぷりした乳房や尻や、艶々した肌に興味がわかなくなってしまったんだ。確かに綺麗だとは思うけれども、何かウインドウの中の蠟《ろう》細工の食べ物のような気がする。それをむさぼり喰ったり、嚙んだりする自分がどうしても想像出来ないんだ」

「それはお前が、もう諦めているからだよ」

二人きりになったので、私も遠慮なく言います。

「人間、もう手に入らないと思ったり、手に入れようと考えてはいけないと自分に課したものに対しては、特別の心理が働くじゃないか。お前は奥さんと結婚してから、もう若い女に近づいちゃいけないと自分の心に鍵をかけた。自分で若い体には興味がない、という暗示をかけたんだ」

月を見ないかと、不意に彼が言いました。中秋の名月にはまだ少し早いけれども、二階から眺める月は最高だというのです。

「右側は電信柱が立っているけれど、左側、うちの庭から裏山の方は何もないんだ。庭のそっちの方にススキを植えたから、ますます風情があっていいよ」

私たちは階段をあがって二階へ行きました。そこは階下よりも手を入れていないという感じです。昔の板戸がそのまま残り、窓の手すりの木はささくれ立っています。漆喰《しっくい》の壁に、版画の宗教画が一枚かかっていましたが、月の光で見ると何やら不気味でした。殉教する聖職者のまわりを天使がとり囲んでいるのですが、天使たちの顔がどれも実に意地悪気に笑っているのです。

二階の窓から見る月は白く中途半端な形をしていました。中の模様がやけにはっきりと浮き出ていて、兎というよりも白い紙の上の嘔吐物のようでした。

「妻の寝ているところを見ないか」

突然佐藤が言いました。月を見ないか、というのと同じ口調です。とても綺麗なものがあるから一緒に見ないか、と誘っている声なのです。もちろん私は断わりました。他人の女房の寝姿を眺めるような趣味は持っていないと答えたのです。

「だけど君にはぜひ見て欲しいんだよ。そこの襖《ふすま》をそうっと開いて、一緒に見ようよ」

もう歩きかけています。私はかなり酔っていたのでしょう、それ以上抗《あらが》うことをやめて従《つ》いていきました。ちょっと覗いてやればそれで彼の気が済むだろうと思ったのです。

この家は面白さを狙って、古いものと新しいものとを同居させているのですが、寝室もそうでした。田舎くさい松を描いた襖の向こう側は、ホテルのような寝室でした。黒いチェストとクローゼットがあり、色を合わせたダブルのベッドに佐藤の奥さんが寝ていました。彼女が着ているのはパジャマやネグリジェといった類ではなく、古風な寝巻きです。着物の合わせ目が見えました。彼女の白い髪は薄明かりの下で、さらに白さを増したように見えます。毛足の長い動物が休んでいるようです。

「君にはわかってもらいたいんだ。彼女を抱くっていうことがどんなに素晴らしいことか」

佐藤が耳もとでささやきます。

「肌が日増しにやわらかくなっていくんだ。若い女のように、はね返す嫌らしさはない。僕の指はどこまでも吸い込まれていくんだ。ほら、女が着る長襦袢の絹はすべすべしていて冷たいだろう、あれに体ごと包まれていくみたいだ。僕は彼女のももに触れる。そこもやわらかい絹だ。絹を押しわけていくと、もっともっとやわらかくて乾いた場所がある。僕は若い女のぬるりとしたあそこがあまり好きじゃなかった。どんなに清楚で可愛らしい顔をした女の子でも、あそこはぬるぬるに泥がたまって、男を待ち構えているじゃないか。そしてぱっくりとくわえ込んで、沼の中で僕に悪さをする。僕は若い女の沼の中に入るとすぐに達してしまう。情けないくらい早くだ。快感は来るけれども、それは本当の快感じゃない、仕掛けられた快感なんだ。

けれども妻のあそこは何ていっていいんだろうか、気高くきっぱりとしているんだ。中に入っていっても、襞《ひだ》の重なりは僕にそっけない。拒否されたかと思うほどだ。けれども一筋の光がわいてくるみたいに、かすかに僕に向かって流れてくるものがある。それを見つけた時の嬉しさといったらないね。それに向かって進んでいくと、やがて彼女に許されているのを感じる。僕の性器がじわじわとやわらかく暖かいもので囲まれていくんだよ。僕はそれを楽しもうと一瞬止まる。すると音楽が聞こえるんだ。わかるかい、音楽なんだ。彼女の体の奥から伝わってきて、僕のペニスにだけ伝わる音楽だ。それは聞いたことのないメロディでとてもゆっくりしているのに、小さくリズムを刻んでいる。僕はため息をつく。もちろん幸福のあまりだ……」

私は怖くなってきました。この男はちょっと気が狂っているのではないかとさえ思ったのです。

「ねえ、国枝君、僕は今、どうしても妻を抱きたくなった。君、ちょっと見ていかないか。いや、どうしても見ていって欲しいんだ」

とんでもない、と私は青くなります。他人がセックスする場面など、アダルトビデオで見れば充分です。生で見るなどまっぴらです。

「でも君にはわかって欲しいから、どうしても見ていって欲しいんだ。君は昔からの友だちだ。僕がどのくらい幸福かわかって欲しいんだよ」

私はやはり酔っていたに違いありません。その場から逃げなかったのです。佐藤はベッドの傍に腰かけます。そして妻の上半身を持ち上げます。奥さんはその手をはらいのけるでもないのですが、途中で起こされた人が誰でもそうなるようにちょっとうるさげに身をよじりました。

佐藤は奥さんの肩を抱き、口を吸います。そして体の向きを変え、私に見えやすいようにしたのです。寝巻きの前をはだけます。奥さんの乳房がむき出しになりました。小さな乳房でした。それは以前は大きなものだったかもしれませんが、萎《しぼ》んで重力によって下へと向かっていったものです。よく秋の終わり、木にふたつみっつ、採り忘れられたまま小さく朽ちていく果実がありますが、そんな感じです。その時私の胸に浮かんだのは〝可憐〟という言葉です。美しいとか綺麗というのとはまるで違います。けれども月の光が射し込まない薄闇の中のその乳房は、やはり可憐というものだったのです。思いがけないことに、私の中に興奮が生まれました。そしてさっきの佐藤の言葉がバラバラになって浮かび上がり、そして組み立てられ、私を圧していくのがわかりました。佐藤はさらに寝巻きの前を大きくはだけ、紐に手をかけようとします。私の目はさらに闇に慣れていって、その紐の先にあるものを見ようとしていました……。

「それですべてを見届けたのね」

「いや、やっぱりいけないことだと思ってその場を立ちました。次の日、二人はケロッとしたものでうまい朝食を食べさせてくれましたよ」

「これって怪談話、っていうことかしら」

「そんなことはありませんよ。世の中にはいろんな男がいるというお話です」

「私、思い出したわ。国枝さんって年上の奥さんがいるって、ずっと前に誰かに聞いたことがある。その佐藤さんっていうのは、本当は国枝さんのことなんでしょう」

「いいえ、私はごく普通の結婚をした男ですよ。もっとも何が普通で、何が普通じゃないかなんてわかりませんけどもね。つまらぬ話をいたしました。ワインをもう一杯いかがですか。今度は別のものにいたしましょう。飽きたら別のものを飲む。男と女もあまり思い詰めることはない、というお話なんですよ、今のは」

お帰り

東京駅到着前に流される、あの奇妙に明るいメロディが文香はあまり好きではない。無理やりこちらの心を浮き立たせようとするところがある。

特にこんな風に夜遅い新幹線ならなおさらだ。十一時二十四分到着の〝ひかり〟の指定席は、ほとんどが出張帰りのサラリーマンだ。疲れと気のゆるみから、みなネクタイをゆるめ、だらしなく足を前に投げ出している。

そんな彼らが、東京駅到着を知らせるメロディを聞いたとたん、体を起こし、慌《あわただ》し気に上着を羽織るその様子はよく訓練された家畜という感じだ。いつかテレビで見たことがある。毎日決まった音楽を流すと、きちんと動き出す大量の牛たちの姿が映っていた。

そういう文香も座席の下に脱ぎっぱなしにしていたパンプスを、爪先で探し始めている。そう迷うことなく、ストッキングの親指が、固い靴の感触をとらえた。働いている三十女の常として、文香は靴の出費を惜しまなかった。イタリア製のその黒いパンプスは、東京のデパートで買うと四万七千円という値段である。少々乱暴に扱ったのではないかと文香は反省する。

ふとかすかな視線を感じて、文香は左の頰を上げる。通路側に座っていた男が、上着のボタンをとめるふりをして、文香の靴を履くさまを眺めていた。靴を脱ぎ、ストッキングだけになった足は、やはり男の目をひきつけたらしい。

三十代半ばと思われる大柄な男であった。そう悪くはない生地のスーツとアタッシェケースとが、きちんとした彼の素性を表している。ちょっとした目の動きは、もちろん咎めるといったものではない。

列車がホームに着き、男たちとごく少数の女たちは、出口に向かって歩き出した。ホームを歩きながら、ふと目をやると、サングラスをかけた男が二人の男に守られるようにして階段を降りていくところであった。有名なコメディアンである。どうやら隣りのグリーン車に乗っていたらしい。文香は好奇心をそそられて彼の動きを追う。彼は普通に歩いているだけなのであるが、両脇の男にも話しかけず、まっすぐに前を向いているところに、尊大さと過剰な自意識がにじみ出ているようであった。

「おい」

いきなり肩を叩かれた時、文香はおどろきのあまり、ひいと小さな悲鳴を上げてしまった。

後ろに夫の昭夫が立っていた。

「お帰り。なんだよ、そんなに驚いちゃって!」

「だって、迎えに来てくれるなんて思わなかったから」

「明日から三連休だろ。東京駅からタクシーがつかまるはずないと思って、わざわざ来てやったんだぜ」

昭夫は今年四十歳になるが、年と共に車への執着が増していくようである。つい最近もボルボの新車を買ったばかりだ。ほかのことにおいてはすべて横着を決め込む夫であるが、車の運転だけは気軽に腰を上げる。だから出張で遅くなる時は、時々、迎えを頼むのであるが、今日はあえて電話もしなかった。帰りの新幹線を変更する心づもりがあったからである。

「それにしても、よく私が帰る時間がわかったわね」

「お母さんにスケジュール見せてもらったのさ」

五年前に父が死んで、文香は母を引き取った。それ以来母は、家事を手伝い、ひとり娘のめんどうを見てくれている。出張に出かける時は、母親に行き帰りの列車の時刻や連絡先を書いた簡単なメモを渡すようにしているのであるが、夫はそれを見たらしい。

ふと起こったかすかな嫌悪と恐怖をうち消そうと、文香ははしゃいだ声を上げる。

「でもよかったわ。お母さんに言ったとおりの列車に乗って。もしかしたら、もうちょっと早いのにしようかなあって考えたりもしたの」

「あのさあ……」

昭夫はそこでふっと笑いをもらした。

「もし君が男と一緒に降りてきたら、どうしようかと思って、しばらく柱の陰から見てたんだぜ」

快活な調子から冗談ということはわかる。けれどもそこにほんの一筋、夫の硬く切実なものを文香は感じとった。

「馬鹿ね」

後ろめたいことなど何ひとつないということを示すために、妻はこんな時笑ったりしてはいけないのだ。呆れ果てたという風にげんなりとした声を出さなくてはならない。

「どうして私が、出張先で恋人と会わなきゃいけないのよ。やるんだったら、東京都内でもっとうまくやりますよ」

これは真実であったから、文香はしんから〝やりきれない〟という態度をつくることに成功した。

深沢とはもう二年ごしの仲になる。人材派遣会社のディレクターをしている文香は、その年の春、ある大企業の新入社員研修のマニュアルをつくることに没頭していた。文香の会社は、受付やプログラマーといった短期の女性社員を貸し出すことを主な業務としているが、最近は〝教育〟といって社員の研修にも力を入れている。何人かのインストラクターを送り込んで、社会人になるための常識や躾《しつけ》を教え込むプロジェクトだ。

昔だったら親が教え込むような常識を、近頃は企業が手取り足取り教えなくてはならない。内部でそうした手段を持っていない会社は、文香のところへ依頼してくるわけだ。

深沢は四十五歳の男盛りであった。人事というセクションは、重役候補たちに社内の事情をじっくりと把握させる役割も担っているが、深沢はそのことを充分に心得ているようであった。スーツやカフスにもちゃんと金をかけていたし、部下への気遣いにも自分の将来を見据えての賢さがあった。

そんな彼が、いわば出入り業者の、しかも人妻と体の関係を持ってしまったのである。これに関して、彼はたくさんの美しい言葉を使い、物語を用意してくれたものだ。

今までの自分の人生は本当につまらぬものであった。エリートと呼ばれるために、どれほどの犠牲をはらったことであろうか。女の愛情というものも知らなかったから、学生時代から続いている女と、ごく平凡な結婚をした。けれどもそんな僕の目を醒まさせてくれたのが君なんだ。こんなことはいけない、もうやめなくてはいけないと思っても、僕は君にひきずられている。なぜなら、君は僕が初めて本気になった女だからだ。

文香はもちろん、こうした男の言葉をすべて本気にしていたわけではない。深沢が自分を選んだのは、自分が夫と子どもを持っているからだろうこともわかる。

「秘密を守るためには、同じ立場の相手を選ばなくてはいけない」と彼がちらりと漏らしたことがある。ベッドの上の態度で、男が決してうぶではないことも文香はよく知っていた。おそらく若い女との火遊びで、一度か二度痛いめに遭ったことがあるのであろう。秘密が守れ、危険が共有出来る、ということにおいて文香は最適だったに違いない。

そうかといって、二人の間に漂っているものが、全くの肉欲や偽《うそ》というものでもなかった。深沢は魅力にとんだ男であり風采も悪くない。いい年をした男女が一年もつき合っていれば、時々は愛情と錯覚したくなるような情が生まれることもある。

二人が月に一度密会する場所は、あるシティホテルと決めていた。ここはレストランやショッピングアーケードはもちろん、会議場も幾つか有している巨大なホテルだった。会議や打ち合わせもしょっちゅう行なわれるから、深沢と文香が歩いていたとしても何の不思議はない。それでも二人は用心に用心を重ね、食事はたいていルームサービスで簡単なものをとった。

出来るだけ夜遅くならないようにチェックアウトし、そしてホテルの領収証はすぐさま破って捨てる。次の約束は会った時に決め、変更がある場合のみ、仕事を装って連絡をする……。

こんなつき合いであったから、ことが露見するはずはなかった。証拠など何ひとつないはずだと文香は自分の胸に言いきかせる。

文香と昭夫はまだ人が退《ひ》けていない東京駅の構内をつっ切り、皇居側の改札に出た。この下に大きな駐車場があるのだ。

昭夫はドアを妻のために開けてくれる。大学を二年続けて落第した際、彼は留学という名目でアメリカへ行ったことがある。ほんの時たまであるが、彼は当時憶えたフェミニズムの残滓《ざんし》を見せることがあるのだ。

新車独特の獣のようなにおいのする席に身をすべらせながら、文香は自分の完全犯罪をふっと確かめたいような気分になった。女はこういう時、諧謔《かいぎゃく》というやり口を使う。

「ねえ、さっき、私がもし男と一緒だったら、逃げるつもりだったの」

「ああ」

「ねえ、どうしてそういう時に妻の愛人を殴らないの。こそこそ逃げるなんて、男らしくないじゃないの」

「そりゃ、逃げるさ。そういう時、夫は逃げるもんさ。どんな男かわからないからな。もしかしてプロレスラーみたいなのが現れることも考えなきゃな。そんなのに殴られたらひとたまりもないもんな」

「馬鹿ね、私はプロレスラーみたいに筋肉隆々の男、好みじゃないわ。そんなことわかってくれてると思った」

文香は薄闇の中の深沢の体を思い出した。

年齢のためにやや下腹は出ているが、どちらかと言えば筋肉質といってもよい。学生時代はその頃まだ珍しかったアメリカンフットボールに夢中になり、今はゴルフである。何かの折にうっかり口を滑らしたことがあるが、時々は家族でスキーにも行くらしい。

スポーツがそう好きでもなく、年ごとにぽっちゃりとした肉がついてくる昭夫とはえらい違いだ。

「私はマッチョな男って、あんまり好きじゃないわ。やっぱり程よく筋肉がのっていて、それですらりと背の高い男がいいの」

自分の秘密を知っているはずがないと思う文香は、さらに大胆な言葉を舌にのせる。深沢は程よく筋肉がのっていて、背が高い男だ。最初に名刺交換をした時、なんて素敵な男だろうかと思った記憶がある。若い派遣社員の女の子たちも、騒いでいた。その男から食事に誘われ、その夜のうちにキスされた時、文香はすっかり有頂天になったものだ。若くて独身の時ならば、さんざん友人に自慢するところであるが、三十五歳で人妻だったら、それは胸に匿《しま》っておくしかない。結婚以来、何人かの男にぼんやりとした憧れを抱いたことがある。けれどもこんな風に積極的な態度に出た男は初めてであった。

まるで女子中学生のように、キスをした事実をいじいじと悩み、そのたびに相手の気持ちを推理し、自分で解答を出しているうちに、恋の毒はすっかり全身を侵していたらしい。四度めの食事でホテルに誘われた時、文香は抵抗することなど思いもつかなかった。言葉ではありきたりのことを口にしたかもしれないが、ぐったりとすぐさま男に抱かれた……。

地下のためにずっと大きく響くエンジン音で文香は我に返った。別の男とのいきさつを、こうして夫の傍で思い出す自分をいけない妻だと思う。しかも夫は自分をわざわざ迎えに来てくれたのではないか。

自分の犯した罪ではなく、その罪をぼんやりと反芻《はんすう》していた償いのために、文香はやさしい声を出した。

「ねえ、せっかくだからコーヒーでも飲んでいかない」

「いいよ、めんどうくさい」

昭夫はせわしげに、駐車場券をミラーの後ろからとり出す。

「コーヒーなんか、うちでだって飲めるじゃないか」

本当にそうねと文香はため息をついた。

それから何日かたっても、文香の頭からあの時の夫の言葉と表情は消え去ることはなかった。今まで文香がさまざまな自問自答を繰り返してきたのは、愛人に対してであった。本当に自分のことを愛してくれているのか。いや、愛してくれていないまでも、本気で思ってくれているのだろうか。もしかすると自分はもてあそばれているのではないだろうか……。

夫の心のうちを推し量ったことなど一度もなかったといっていい。これは文香が夫をみくびっているからというよりも、夫の性格によるものだろう。今どき三男というのは珍しいが、夫は末っ子の三番めの息子として生まれた。小学校から一貫教育の私立の大学を卒業している。深沢の出た学校ほどではないが、世間ではまあ〝いい大学〟として通るであろう。大手の不動産会社に就職したものの、四年ほどで退職し、昭夫は家業の布団屋を継いだ。まともに会社員を続けている兄二人は、そのことをとうに放棄していたからだ。

昭夫の親の方も、街の布団屋の将来にとっくに見切りをつけていたから、末息子が継ぐといった時はかなり驚いたらしい。が、これをきっかけに他にも家作を持つ資産家の両親は、地の利を生かして五階建てのマンションを建てた。その一階で昭夫は、寝具の商いをすることになったのだ。布団は量販店や通信販売に喰われてあまり振るわないが、昭夫は女物の可愛らしい寝間着や、外国製のシーツを置くようになった。これがそこそこ売れている。

文香が昭夫と知り合ったのは、不動産会社に勤めていた時だ。結婚が決まったとたん、布団屋になることを聞かされ、文香はちょっと不安になったものだが、今ではそれがよかったと思っている。上のマンションに自分たちはおろか、別の一室に母親を住まわせることも出来た。昭夫の両親はというと、熱海にリゾートマンションを買い、ほとんどをそこで暮らしている。

女友だちに言わせると、

「本当についている」

のだそうだ。

こんな生活ができるのも、昭夫のおっとりとした穏やかな気質のせいだ。競争心がないために会社勤めはむずかしかったが、その分文香の母に優しい。そうかといって、おひとよしというのでもなく、業者と激しくやり合うこともある。が、そういう時も正面から怒鳴り、決して皮肉やあてこすりを言う男ではないということを、文香はよく知っている。ということは、

「もし男と一緒だったら逃げるつもりだった」

という言葉は、どういう意図で発せられたのだろうか。こうした言葉は、突然に生まれるものではない。何か伏線があってしかるべきなのだ。

そういえば思いあたることがある。十日ほど前、商店街の中でも、年頃の近い連中が集まって飲み会を開いた。どこも似たりよったりの規模で、店はたいてい女房が手伝っている。女たちは外で仕事を持つ文香のことをしきりに羨しがった。

「やっぱり朝出ていく時も、パリッとしてかっこいいわよ。スーツなんか着ちゃってさ」

「私だって、結婚する前までは大きいとこで、花のOLやっていたのにねえ。気がついたら食器屋のおかみさんだもの」

そして話はいつしか、流行のテレビドラマから不倫ということに移っていった。

「文香さんは外で働いているんだもの、そういうチャンスは幾らでもあるでしょう」

とんでもないと即答するのは、少々おとなげない気がしたので、文香はこんな風に言ったものだ。

「そうね、チャンスがあればいいんだけれどもねえ。チャンスさえあったら私も頑張るわ」

あの時、まわりの男たちと一緒に昭夫も笑っていたが、そのことはしこりとなって夫の胸に残っていたのだ。だからあんな言葉を妻に浴びせたに違いない。あの時昭夫は黙っていたが、近所の人たちの前で不倫願望をほのめかした妻のことを、苦々しく思っていたのだ。だからやんわりと忠告めいた冗談を言ったのだ。そうだ、そうに決まっている。

ここで文香は胸を撫でおろそうとしたのであるが、記憶の断面がそんな単純な決着を許そうとはしなかった。

「もし君が男と一緒だったら」

と言った時、昭夫は不思議な表情をしていた。照れているようにもとれるし、何かを諦めているようにも見えた。

ジョークを口にする時の明るさはまるでなかった。

「もしかすると――」

胸の奥がざわざわと波うった。

「もしかすると夫は、あのことを知っているのかもしれない」

けれど昭夫が、どうやって妻の秘密を知り得るというのだろうか。深沢との情事の手はずは完璧といってもよい。約束の時間に文香はロビーから電話をする。そして先に到着した深沢から、部屋の番号を聞く。もしエレベーターで上がっているところを見られたとしても、何も怖れることはなかった。このホテルは上の階にレストランやバーはおろか、スポーツジムさえあるのだ。いくらでも言い逃れは出来るはずであった。

「あなたの方から、漏れるっていうことはないでしょうね」

二日後文香は、久しぶりに会った深沢を問いつめた。シャワーを浴びた彼は、ホテルの白いバスローブを着て、ビールを飲んでいる。ぐったりと足を拡げているので脛《すね》が丸見えになっていた。男のこの部分は皮膚が意外なほど白く、足の毛深さが目立つところだ。おまけにシャワーの湯気で、深沢の脛毛は一本一本濡れて大層濃く見える。

この男って、こんなに毛深かっただろうかと文香は目を凝らす。

「ねえ、あなたはここに来る時、誰にも気づかれなかったでしょうね。ちゃんと気をつけてくれてたでしょうね」

「あたり前じゃないか」

彼は文香が予想していた通りの答えを、めんどうくさそうに口にした。

「チェックインする時も、僕はここのホテルの会員だからね、クラブ専用のラウンジで出来る。人目に立つフロントで、阿呆面して用紙に書き込んだりしないさ」

「でも、ここのホテルの人が何か言うことだってあるわ。あなたが夕方チェックインしてること、ホテルの人は知っているんでしょう」

「馬鹿なことを言うなよ。僕たちは芸能人でもなけりゃ有名人でもない。たかがサラリーマンの秘密を、誰が言いふらしたりするんだよ」

この言葉はどれほど文香を安心させたことだろう。ビールを飲み干すと、深沢はこっちへおいでと文香を誘った。同じようにバスローブを着た文香は、膝に乗せられ後ろから胸をいじられる。

「ねえ、このこと、誰にも言ったりしてないわよねえ」

「いったい誰に言うっていうんだよ」

これは何回となく繰り返された、問いかけでなく、前戯であった。文香はこう答える時の、深沢の怒ったような口調が大好きであった。これを言った後、彼は少し乱暴になる。これももちろん大好きであった。

その日別れる前に、深沢はこんな提案をした。京都の紅葉を見に行かないかと言うのだ。彼は横浜の出身だが、父方の出は神戸の方で今もたくさんの親戚がいる。来月伯父の法事があるのだが、深沢の妻は行かないと言いだしたという。

「神戸と京都は本当にすぐだからね。二人で待ち合わせてゆっくり楽しめるよ。うまいもんを食べて嵐山でも行こうじゃないか」

常日頃文香は、京都の持っている通俗っぽさがあまり好きではなかった。何かというとすぐ京都へ行きたがる中年の恋人たちも、ひどく安っぽい気がした。しかし自分が行くとなると話は別だ。好きな男と過ごす京都をあれこれ空想し、その蠱惑《こわく》に文香はしばらく無口になったほどだ。が、この頃彼女にとり憑《つ》いている分別が、こんな質問をさせる。

「でも、もし誰かに見られたらどうするの」

「おい、おい。また芸能人みたいなことを言うなよ」

いささか興をそがれた深沢は不機嫌な声になった。

「知人に会う確率なんて、それこそゼロに近いよ。それに誰も僕たちに注意をはらうはずがない」

この後深沢は、不倫をする男としてこれ以上不可能なほど、愛と誠意に充《み》ちた言葉を口にしたものだ。

「僕は、いつも君に対してちゃんとしたことをしてあげることが出来ない。ちゃんとしたところで食事をしたこともないし、お酒も外で飲んだことがない。いつもこそこそとルームサービスだ。僕はね、一度でいいから君に、素敵なところで食事をさせたい、二人で散歩したいってずっと思っていたんだ。だからこの京都、どうしても行きたいんだ。わかってくれるだろう」

「まあ、ありがとう！」

根が純な文香は、思わず涙ぐんだ。

そして一時間をかけて、隠密旅行の計画が二人の間で綿密に練られた。行きは別々の車両で、深沢は喫煙の指定席、文香は禁煙の指定席であった。席さえ違っていれば、同じ列車でも構わないと言ったのは深沢であった。彼は〝忍ぶ恋〟というものにかなり飽きていて、それはとても優しい態度になって表れる。

「僕は君と一緒に京都に行きたいんだ。こんなんじゃなくて、二人でちゃんと朝から晩まで会いたいんだ」

この言葉を聞いて感動しない女がいるだろうか。文香はどんな危険を冒しても、京都行きを実現させるのだと心に誓った。

一泊二日の出張はそう珍しいことではない。だから仕事と言いくるめることは簡単であったのだが、心のはずみがどうしても出てしまう。ひとり娘をいつも預ってもらう母に京都出張を告げたところ、

「やっぱり嬉しそうね。あちらはおいしいものがあるから、出張に行く時の気持ちも違うでしょう」

と言われ、文香がうろたえる一幕もあった。下着や化粧品といったこまごました買物もし、ボーナス払いでスーツも新調した。卵色のふくれ織りのスーツは、ボタンの型がとても凝っている。色の白い文香によく似合い、深沢に誉められたものだ。

「いいね、その色。君の喉の白さがいちだんと目立つね」

東京を離れた深沢の視線は一層露骨にねっとりとしてきたが、これは文香の望むところであった。

部屋は別々にしておいたが、チェックインするやいなや深沢の部屋に向かった。二人でふざけ合いながら風呂にも入った。その後髪を乾かし、先斗町《ぽんとちょう》のカウンター割烹の店へ出掛けた。松茸が嫌味なほど次から次へと出てきて、最後は松茸ご飯であった。

「何だか一生分の松茸を食べたような気分だわ。もう二度とこんなことはないと思うけれど」

「そんなことはないさ。来年また二人で来ようよ」

カウンターの下で、深沢が手を握ってくれた時、文香はどれほど嬉しかったことだろう。食事をした後、二人はすぐさまベッドに直行した。やはり深沢はいつもと様子が違う。ずっとのびのびとしていて放恣《ほうし》になっている。男に後ろから抱きすくめられた時、文香はいつもの問いをしてみた。

「ねえ、このこと誰にも言わなかったでしょうね」

いつもの答えを期待していた。それなのに彼はすぐに口を開かない。やや沈黙があってからこう言ったのだ。

「一人だけ知っている男がいる。いや二人だろうな」

「何ですって」

「もちろん君の名前を明かしたりはしていない。男は恋人のことを自慢したくなるものだからさ」

「それ、それってどれくらい伝わってるの」

「たいしたことじゃない。僕の恋人は三十五歳で九歳になるひとり娘がいる。で、ご主人は布団屋をしているっていうことぐらいだろうか」

「それで充分じゃないの」

憤りのために瞼が熱くなった。

「それだけで、あなたの浮気相手は私だってわかる人、いっぱいいると思う。そこから話がバレているのよ。この頃、夫の態度がおかしいの。人の輪って、思わぬところで繋がっているのよ。あなたがぺらぺら喋っているその人が、夫の知り合いじゃない保証はないでしょう」

「なあ、落ちついてくれよ。考え過ぎだってば。僕には学生時代からの親友が二人いる。彼らの前でちょっと見栄を張っただけの話だ。彼らはちゃんと約束を守ってくれる人間たちだ。むしろ僕のことを祝福してくれたぐらいなんだよ」

「ねえ、あなたのつき合っているのは、ちゃんとしたところの奥さんなのよ。なのにどうして、酒の席で私のことを簡単に喋るのかしら。私はもうあなたのことを信用出来ないわ。本当よ」

深沢は言葉を尽くして文香をなだめ、そして同時に臆病さをなじった。

「ねえ、君は本当に考え過ぎだよ、東京、布団屋なんていくらでもあるだろう。そのことをヒントに、君をつきとめる人がいるなんてことあり得ないよ」

そして自分は決して臆病でないことを示すために、深沢はかなり大胆な行動に出た。同じ新幹線では一緒に座ろうと言い出したのだ。どうやらそれしか文香の機嫌を直すことは出来ないと判断したのであろう。それは大層危険なことであったが、昨夜の口喧嘩のくすぶりがまだ残っている。こういう時、女というのはわずかな肌の接触がどうしても欲しい。離れて座るのは嫌だった。

帰り道、深沢は膝かけの下で、文香の手を握ったりする。それで東京に着く頃には文香の機嫌はすっかりよくなった。

やがてあの単調なメロディが聞こえ始めた。男たちはいっせいに立ち上がり、上着をとり身仕度を始めた。

ふっと文香は、夫がホームに迎えに来ていることを想像した。そんなことはあり得ないが、もし来ていたらどうなるだろうか。背の高いきりりとした男が妻と一緒に降りたったら、やはり夫は逃げるのだろうか。

「何を笑ってるの」

深沢は顔を近づけてきた。

「何でもないの。ただね、もし夫が迎えに来ていたら、大変なことになると考えたら、何だかおかしかったの」

「嫌な人だな。そうやって負のシミュレーションをいっぱいやっていると、やがてその負のエネルギーに吸い込まれてしまうよ」

いちばん最後に二人はホームに降りた。文香はあの柱、あの階段の前と目で追った。けれども夫はいない。いるはずがない。自分は何を怖がっていたのだろうかと、文香はにっこりと微笑んだ。

ホームの中央、くず入れの前に文香と同じように微笑をうかべる女が立っていた。紺色のジャケットに同色のパンツが若々しい。深沢の足が止まった。彼はそして一歩も進もうとはしなくなった。女はぴたりと夫に目を据えたまま、もう一度にんまりと笑った。

「あなた、お帰りなさい」

儀式

女にもて、それが原因で離婚する男というのは、必ずといっていいほど子どもが女の子だ。前妻に息子を置いてきたという女蕩《おんなたら》しの話は、あまり聞いたことがない。

亜希子の夫、平井もやはり前の妻のところへ女の子を置いてきた。亜希子がその子に会ったのは、少女が九歳の時である。平凡な顔立ちをしているというのが第一印象であった。やや厚ぼったい唇が開き加減になっていて、睡《ねむ》た気《げ》な奥二重は悪意を潜ませているようには見えない。亜希子は安堵した。

平井が自分と知り合い、そして妻子と別れることになった複雑ないきさつを、こんな子どもに話してもわかるはずはなかった。初めて会った時、既に平井の結婚生活は破綻《はたん》をきたしていた。世間からは人の夫を奪い取ったようにさんざん言われたが、あの頃平井はしんから孤独だった。妻や子どもがいようとも、癒《いや》されることのない硬い心を抱いていた。きっかけをつくったのは確かに亜希子かもしれないが、とうに彼は決意をしていたはずである。亜希子が現れなくても、夫婦はいつか別れることになっていたのだ。いってみれば亜希子は、かなり損な役まわりを引き受けたことになる。

平井の前妻も、そうした経過はきちんと承知しているに違いない。だからこうして自分の娘を寄こすのだろうと亜希子は思った。

佐穂という名の少女は、何の抵抗もなく、するりと父親と彼の新しい妻との間に割って入ってきた。なつく、というのとも少し違うが、亜希子に対して素直に従う。

デザートにチョコレートパフェを食べるかと問えば、食べると頷き、手を差し出すとそれを握った。子どもと手を握り合って歩くのは初めての経験で、亜希子は少し面映《おもは》ゆい。子どもの手はとても熱く、しばらくいくうちに少女の手をやわらかく包んでいる部分が汗ばんでくるのがわかった。けれどもふりほどくのはためらわれる。すぐ目の前を歩いている結婚したばかりの男が、時々満足気に振り向くからである。

「おばちゃん」

少女は呼んだ。おばちゃんと声をかけられるのも、二十五歳の亜希子にとってめったにない経験である。奇妙な芝居をさせられているような気分で、亜希子はなあに、とつくり声で答えた。

「おばちゃんは、アメリカへ行ったことがある？」

「グアムなら旅行したことがあるわよ。あそこはアメリカ領だから」

と亜希子は言いかけ、そんなことを説明するにはむずかし過ぎるととっさにこう訂正した。

「あるわよ。いっかい行ったきりだけど」

「ふうん、すごいねえ」

クラスの友だちの中に、父親がアメリカ出張に行った者がいる。彼女は土産に大きなテディベアを買ってきてもらった。その熊は「I LOVE NY」という編み込みのあるセーターを着ている。しかも抱くと英語で何やらつぶやくという。

「それって、アメリカじゃなきゃ売ってないんだって。アメリカだからつくれるんだって」

佐穂はその熊のことを思い出したらしく、鼻で大きく息をした。

「それじゃ佐穂も、テディベアを買いにアメリカへ行くか」

平井が声をかける。

「うん、行く行く」

「じゃ、その時はパパと飛行機に乗って行こうな」

「やったぁ」

叫んだのをきっかけに少女は手を離した。密着した皮膚が離れたとたん、公園の四月の風を感じた。いったん手が離れると、それまでつなぎ合っていたことがいかに不自然

とはもう二度

少女も同じような気持ちだったのか、その日はもう二度とは二人が手を握り合うことはなかった。

「佐穂の奴が、君になついてくれて嬉しかったよ」

娘を前妻のところへ送り届けてから帰ってきた平井は、満足気に言ったものだ。

「やさしくて綺麗なおばちゃんだったって、何度も言ってたぞ」

「でもあの〝おばちゃん〟にはショックだったわ」

「そんなことを言うなよ。子どもにとったら、母親以外の大人の女は、みんなおばちゃんなんだから。やさしくて綺麗なおばちゃんなんだからいいじゃないか」

夫にしては珍しく、亜希子の機嫌を取ろうとやっきになっている。前妻との娘に会うというのはそう楽しくもない行為であるが、たまに会って夫に貸しをつくるのもいいかなと亜希子は考えた。

が、そうした気持ちとは別に、次に亜希子が佐穂と会ったのは、それから二年後である。別に向こうの母親が反対していたわけではない。この間亜希子は四回ほど流産したからである。

「やっぱり、人の恨みを買うような結婚はいけないのかもしれないねえ……」

水天宮へ行き、次の子どもは丈夫に生まれてくるようにと祈ってきたという亜希子の母親はしみじみと言った。

「あっちの奥さんが、呪いでもかけているんじゃないかね」

「やめてよ」

亜希子は本気で怒った。

「私は何も悪いことしてるわけじゃないのよ。おかしなことを言わないで頂戴」

しかし母親は、その日に限ってひるまなかった。それどころか彼女自身が何かの呪文を唱えるように、ゆっくりと低くこんな言葉をつぶやいた。

「前からあんたに言おうと思ってたんだけどね、他の女のために女房子どもを捨てるような男は、きっともう一度同じことをするよ。そういうことが出来る男は、何度でも同じことを繰り返すんだよ……」

カッと怒りで目の前が暗くなった亜希子は、すぐ傍にあったクッションを母親にぶつけた。そして丸一日泣き暮らした。

そんな時よりにもよって、平井が佐穂を連れてきたのである。働いている彼女の母親が急な出張になり、その間預ることにしたのだ。しかし亜希子が機嫌よく歓待出来るはずもなく、二日間というもの父と娘は外で食事を済ませたようだった。

この時のことを少々反省し、ややあってから亜希子は尋ねた。

「佐穂ちゃんどうしているのかしら。また遊びにくればいいのに」

「俺もそう言ったんだけれど、そろそろ中学入試で忙しいそうだ」

中学入試と聞いて、亜希子は何かがつかえたような気分になる。そこまであの少女を大切にしなくてもいいのではないかという思いだ。亜希子も高校まで公立で育った。普通のうちの子どもは、みんなそうして大きくなるものではないか。ましてや佐穂は両親が離婚しているのだ。それなりのハンディがあるということを、早いうちに知らなくてはならない。平井が毎月どのくらいの養育費を送っているか知らないが、そこまで娘を贅沢に育てなくてはいけないものだろうかと、亜希子が意地の悪い考えになるのは、やはり流産という出来ごとが尾をひいているからに違いなかった。

そんな亜希子の思いが伝わったわけでもないだろうが、佐穂は志望校を次々と落ちた。

「成績のいい子なのにおかしいな、もしかすると親が離婚した、っていうのが響いているのかもしれない」

と案じる平井に、

「そんなことありえないわ。今どき離婚なんて珍しくも何ともないんだから」

亜希子は励まし、それで少し帳じりを合わせたような気分になった。

結局佐穂は二流どころのミッションスクールに入学したのであるが、その学校が平井と亜希子のマンションに近いこともあり、前よりも頻繁に父親のところを訪ねるようになった。

わずかの間に佐穂が美しく大人びたことに亜希子は目を見張った。下がり目の奥二重は、いつのまにか甘いうるんだ目になっている。その目とぽってりとした唇とがいい感じで調和しており、もう少したてば人目をひく顔つきになるのは間違いなかった。

「あいつ、このままうまくもっていけば、かなりの美人になるぞ」

父親とも思えない口調で、平井は娘のことを評したものである。こんな時、彼はあきらかに地が出た。二度の結婚生活ですっかりその気力が失せたと公言しているものの、平井は昔から女に目がなく、大層まめな男であった。女が好きで優しくすることが、人間の美徳のひとつと考えている節があり、そして確かにそういう男独得の単純で明るい魅力に溢れていた。若い亜希子はそれにたちまち目つぶしをくらわせられたようなものである。

若々しくしゃれた服装をした平井と、輝く肌と栗色の髪を持った十代の娘が並んで立つ光景は絵になっている。これに欠けているものは何だろうかと亜希子は考える。自分が傍に立ったシーンを想像するとやはり違っていた。平井より十歳以上若い自分は、佐穂と並ぶと若い叔母のように見えるはずだ。この二人の横には、中年に近づきつつある年齢の女が似合っている。けれどもその女は欠けていた。もう埋めることは出来ない。父親もハンサムといってよく、娘も美しいだけに奇妙な喪失感があたりに漂っていた。二人がさまになっている分、本来三人ではなかったかという思いを、見る人に与えてしまうのだ。

コーヒーが入ったわよと亜希子は言ったが、二人にそれ以上近づくのは憚《はばか》られた。遠慮したからでも、彼らに拒否する空気があったからでもない。自分がその輪の中に入ることは、あきらかに間違っているとわかっていながら、無理やり解答を黒板にチョークで書きなぐってくるような気がしたからである。

自分がこの二人の中に加わると、とてもおかしなことになる。そうかといって、もう誰もこの二人のチームに加わることはないのだと思ったとたん、亜希子の中に初めて少女に対して憐みという感情が生まれた。たとえ間違った解答であろうと、今はそれしか存在していない。それが両親が離婚した子どもの宿命というものなのだ。

「佐穂ちゃん、ケーキを食べない？」

亜希子はしんからやさしい声を出した。

「佐穂ちゃんが来ると思って、駅前の店で買っておいたのよ。あそこって銀座の有名なところを辞めた職人さんがつくっているんですって。すごくおいしいって、この頃じゃわざわざ遠くから買いに来る人もいるのよ」

「うーん、どうしようかなー」

思春期の少女は、よくこんな喋り方をする。声が低いうえに抑揚がないから、ひどくぶっきら棒に聞こえるのだ。

「食べろったら食べろよ」

平井が、娘をからかうのが楽しくてたまらないといった調子で言った。

「佐穂は少し痩せ過ぎなんだよ。三個でも四個でも食べろ」

「嫌だよー、デブになるよー」

整い始めた外見とは、まるで似合わない野太い声だ。この頃の少女というのは、声がまだ中性なのかもしれなかった。

「あたしさー、ダイエットしなくっちゃいけないんだ。友だちもみんなしてるしさ」

「友だちはしてもいいけど、佐穂は必要ないよ。お前は充分にスマートだ」

「それってさー、親の欲目っていうやつじゃない」

佐穂がたいしておかしなことを言ったわけでもないが、平井は大きな声をたてて笑った。亜希子も笑う。そうするとほんのわずかであるが、あの間違っている解答が、許される誤差に縮まったような気がした。

平井の予想はあたっているとは言えなかった。十三歳まで急上昇を描いていた佐穂の容姿が、中学を卒業する頃になるとあまりかんばしい方向に行かなくなったのである。えらが張り出してきて、それに思春期独得のやわらかい肉がつき、少々不格好な形になった。体はほっそりとしているのに、瞼に再び脂肪がつき、ぼんやりとした表情になった。

「いやあ、あの年齢の女の子っていうのはさ、毎日みたいに顔が変わるからな。見てろよ、あと一、二年すると顔が急にすっきりしてすごい美人になるはずだから」

盛んに娘を庇《かば》っていた平井であるが、時々こんな本音を漏らすことがあった。

「佐穂のやつ可哀想に。女房の遺伝子が急に強くなったっていうことだろうな。ほら、あいつも、男みたいにえらの張った顔じゃないか」

亜希子は二度ほど会った平井の前妻を思い出した。確かにえらは張っているが、それが都会的なシャープな印象となっている、文句なしに美人の部類に入る女だった。けれども〝えら張り〟と平井は言う。

亜希子はちょっと愉快な気分になる。義理の娘があまり醜いというのは論外で、可愛がる気も失せてしまう。が、彼女が母親そっくりの美人というのも、次の妻にとっては楽しいことではない。佐穂はすぐにわかる欠点を母親から引き継いでいると夫はいうのだ。

「佐穂ちゃんはかなり可愛いわよ。あなたさ、年頃の女の子に向かって、つまらないことを言っちゃ駄目よ」

おかげで亜希子は、思いやりがあって聡明な後妻の役を演じることが出来るのだ。

そういう家の居心地は悪くないらしく、佐穂は月に二度ほど、ふらりと二人のマンションに寄る。あらかじめ連絡してくるので、その日は平井は早めに帰ってくる。

亜希子が料理することもあるが、三人で連れ立って店に出かける方が多い。佐穂の好物は鮨で、平井は平気で高級鮨屋のカウンターに座らせる。佐穂の口の肥えていることといったら憎らしいほどで、マグロは中トロ、ウニ、コハダといったものを次々と注文した。平井が昔から通っている店なので、板前も佐穂の機嫌をとる。

「お嬢ちゃんは本当においしいものを知ってるねえ。あのさ、今日はアナゴのいいのが入ってるから、甘いタレつけないで、ちょっとワサビで食べてみない」

「食べる、食べる」

目の前に置かれた鮨を、子どもとは思えない馴れた手つきで、するりと口の中に運んだ。そんな時、夫はいったいどのくらいの養育費を毎月送っているのだろうかと、あらぬことを亜希子は考えている。世の中はいい景気が続いていて、平井が経営している二軒の店も有卦《うけ》に入っているらしい。春にはもう一軒、横浜に出店する予定もある。詳しいことは知らないが、このところ平井は羽ぶりがいい。そんな彼がひとり娘に対して寛大になるのはあたり前のことで、来るたびにかなりの小遣いを渡しているようだ。

佐穂はやってくるたびに、腹にたらふく高価な鮨を詰め込み、そして財布に何枚かの大きな紙幣を入れてもらって帰っていくのだ。もちろん言いたいことはいくらでもあったが、平井が亜希子の忠告を素直に聞くとは思えなかった。娘にはつらいめに遭わせたのだ、甘やかして何が悪いと言われるのはわかっている。

何よりも、娘の父親に対する天性の媚びというのは、どんな商売女も敵《かな》わないだろう。ことさら甘えるというわけでもない。ふっと不機嫌になったり意地の悪いことを口にしたりする。すると父親の方は狼狽して、どうやったらいいのかわからなくなるのである。そういう夫の様子を歯がゆいとも情けないとも思うものの、亜希子は自分を戒める。こういうものを後妻根性というのだろうかと、親しい友人に打ち明けたこともある。

が、幸いなことに亜希子はこの頃妊娠していた。いつものように早期の流産ではなく、今度はすんなりと安定期までいった。

「待て、待て。オレから佐穂に話すよ」

嬉しさのあまり、芝居がかった様子で平井は言ったものだ。

「ちょうどむずかしい年齢だからな、こういうことは慎重にしなきゃ。あの子はひとりっ子で育ってきた。今度は別の母親に弟か妹が出来るんだ。うまく言ってやらなきゃ、あの子が傷ついてしまう」

そこまで気を遣わなくてはいけないのだろうかと亜希子は一瞬むっとしたものの、夫にすべてを任せることにした。

その日二人はいつものように鮨屋に出かけ、悪阻《つわり》のひどい亜希子はソファに横たわっていた。いつのまにか眠っていたらしい。ノックの音で目が覚めた。小さな包みを手に持った佐穂が入ってきた。

「亜希子さん、おめでとう」

その包みはやわらかく、手渡されるとぐにゃりとした感触があった。

「さっきパパから聞いて、本当に嬉しかった。私に弟か妹が出来るなんて、夢みたいだもの」

最近少し高くなり始めた彼女の声は、こういう善良な言葉を吐くのにぴったりだった。

「これ、プレゼント。さっき帰り道、目についたお店で買ったの。赤ちゃんのよだれ掛けなの」

「ありがとう……」

妊娠ですっかり涙もろくなっている亜希子は、目がたちまち濡れてきた。

「佐穂ちゃん、初めて赤ちゃんへのお祝い貰ったわ。本当にありがとう。大切にするわ」

「亜希子さんは体が丈夫じゃないんだから気をつけてね。ちょっと大きくなったら、私がベビーシッターするからさ」

「期待してるからよろしくね」

亜希子の胸によぎったものは、勝利感といってもよいものだった。自分はなんとかやりとおせたのだ。佐穂は今年高校に入学した。そして自分は子どもが授かる。むずかしい年齢の、むずかしい立場の継娘とうまくつき合うことが出来たのは、ひとえに自分の思慮深さと我慢強さというものだろう。流産のつらい記憶も甦って、亜希子ははらはらと涙を落とした。

「泣かないでよ」

佐穂は不意に手を握った。十六歳の彼女の手はもうそれほど熱くはない。適度な大人の体温である。

亜希子はこの時の感触を時々思い出すことになる。

次の年、亜希子は男の子を産んだ。平井はもちろん喜んだが、その中に安堵が含まれているのも確かだった。妊娠がわかった時から彼は、今度は男がいいと口にしていたからである。それは佐穂の心を慮《おもんぱか》ってのゆえだ。彼女が妹を得るより、弟を得た方がずっとやりやすくなるのはわかっていた。

退院する前日に、佐穂は父親と共に現れた。

「これを祐太君に」

アレンジメントの花を差し出した。佐穂を連れてくる途中、平井がふと思いついて買ったということがありありとわかるような、大きさと種類であった。ありがとうと受け取った後、亜希子はナースコールを押した。この病院では母親が休んでいる間、子どもは新生児室で預ってくれていた。

「今、祐太を連れてきてもらうわ」

「いいよ、そんな……」

佐穂は後ずさりをするような姿勢を取った。

「赤ちゃん、寝てるんだったらまた来るから」

彼女の拒否の真意をつかみかねた。子どもじみた照れからきているのだろうか。それとも弟の誕生を喜んでいないのだろうか。少女というものは、おしなべて子ども好きだと信じている亜希子は、前者の説をとることにした。

間もなくドアが開き、ベビーベッドを押した看護師が姿を現した。生まれたての赤ん坊は、血管がはっきりと見える赤黒い瞼を見せて眠っている最中であった。

「さあ、佐穂ちゃん、抱っこしてあげて頂戴」

亜希子は崇高なまでの善意を込めて、そのかたまりを少女に押しつける。

「年は随分離れちゃったけど、佐穂ちゃんの弟になるのよ。これから可愛がってね」

もうじき十七歳になる佐穂は、髪を茶色に染め、軽く化粧をしている。だから赤ん坊を抱くと、そのぎこちなさを含めてまるで若い母親のようだ。その姿を見て、亜希子も平井も微笑した。佐穂が怖がっている様子がおかしかったからである。

「そんなにおっかなびっくり抱かなくてもいいのに」

亜希子は言った。

「赤ん坊なんてめったに壊れないわ……。ね、見て、見て、この口元のあたりが佐穂ちゃんにそっくりだって、皆が言うのよ」

その時、佐穂が眉を寄せたのを亜希子はちらりと見る。


大変な苦労の末、祐太を有名幼稚園に合格させたとたん、平井の店がやっていけなくなった。客が少なくなったというだけではない。横浜に買った土地の負債に追われているのだという。価格は五分の一以下になったというのにローンは続いている。銀行が手の平を返したような態度になり、平井は腹が立って気が狂いそうになると亜希子に言ったものだ。債権者や別の出資者と会うために、彼の帰りは毎晩深夜になった。

そうした仕事の危機と、家庭内のこととは別のものだと亜希子は考えていたのであるが、全くの間違いだった。喧嘩が絶えないようになり、本人たちも驚くほどあっさりと離婚ということになった。平井はほとんど破産状態だったので何も貰えず、景気のいい時に亜希子名義にしてもらっていたものを、弁護士を交えて何とか手に入れたぐらいだ。

けれども亜希子は気づいていなかったのであるが、この時平井には別の女性がいたらしい。何年か前に母から言われた言葉を久しぶりに思い出した。

「他の女の人のために、女房と子どもを捨てるような男は、必ずもう一度同じことをする」

ああ本当にそのとおりだと、亜希子は単純に感心した。同時にあの忙しさとつらい日々の中、新しい恋愛をしていたという平井にも密かに感嘆のため息を漏らした。怒りよりその感情の方が強いのが自分でも不思議だった。

新しい女は亜希子よりいくらか年上で、大きなブティックを経営しているやり手だという。借金を少しでも減らそうと金持ちの女に近づいたのだと言う者がいたが、その声に耳を貸さないようにした。

亜希子は実家に戻り、子どものために働くことにした。それまで派手な小金持ちの妻という恵まれた生活をしていたため、気持ちを切り替えることはむずかしいのではないかとまわりに言われたが、それ以前に職が見つからなかった。まるで悪い魔法をかけられたように、世の中は急激に大変な不景気となっていたからである。が、歯科医をしている義兄が声をかけてくれ、亜希子はそこの受付をすることになった。仕事はそう面白くはなかったが、家に帰ると両親と可愛い息子が待っている生活を、亜希子はそう悪くないと思った。両親は孫を溺愛していて、高い私立の月謝を払ってくれたほどである。

三年がたった。亜希子は恋人が出来、その男とデイトを重ねるようになった。相手は妻子がいたので不倫ということになるが、亜希子が結婚を望まなければ、穏やかでいい関係が続きそうな気がした。

時々は両親を騙して旅行に出かけたりもした。母親は薄々気づいているようであるが、黙って孫を預ってくれた。時間がかかったが、亜希子は今の自分の生活にとても満足するようになった。

そんな時に一本の電話が入った。中年の男の声には記憶があった。平井の親友といってもよい存在の男である。何回か食事を共にしたことがあり、亜希子は彼が注文したおそろしく高価なワインを思い出した。彼は今朝がた、平井が癌で息をひき取ったことを告げた。告別式はあさってだという。

「私がいってもいいものかしら……」

亜希子は言いかけて、その声がとてものんびりしているととっさに反省した。まるで二十年間会ったことのない大伯父が、亡くなったと聞いた時のような声しか出せなかったのである。

「あたり前でしょう。祐太君を連れてちゃんと家族の席に座ってください」

相手は怒ったように言い、告別式の場所を告げた。聞いたこともない中野の葬場であった。行くべきだろうか、どうしようかと母親に相談したところ、あたり前だと彼女は血相を変えた。

「お弔いの時は、どんな仲だって行くもんなんだよ。ましてや祐太の父親じゃないの」

亜希子は喪服を着、祐太に学校を休ませた。父親が車で送っていってくれたため、案外早く葬場に着くことが出来た。けれども家族席に座るうんぬん、といった電話を思い出し、近くの喫茶店に入った。離婚した妻とその子どもという立場は非常にむずかしく、いったいどうふるまっていいのかわからない。一般の参列者のように、焼香して帰ってくるだけにしようと決めた。

コーヒーを二杯飲み終った頃、そろそろいいだろうと父親が言い、三人は立ち上がった。葬場はなかなかしゃれた建物で、まるでプチホテルのような外観だった。想像していたよりも多くの花輪と人々が並んでいた。亜希子が記帳をしていると、気づいた者がいてご案内しますと前に出た。

菊に囲まれた祭壇があり、平井が微笑んでいた。少し白髪が増えた程度で昔とほとんど変わらない。

「肝臓癌で、見つかった時は末期だったそうです……」

誰なのだろう、案内してくれた男は狎《な》れ狎《な》れしく言う。亜希子が誰なのか相手ははっきり知っていた。

祭壇の少し離れたところに、三人の女が立っていた。いちばん左にいるのがたぶん平井の三番目の妻なのだろう。喪服を着ていてもあかぬけている。

真中は誰だかわからないが、右にいるのは間違いない、佐穂だ。二十歳を過ぎた彼女はほっそりとしていて、個性的な魅力ある顔立ちを持っていた。えらの張り出し方もいい効果を上げている。あいつはきっと美人になる、という平井の言葉を思い出し、亜希子は暖かく懐かしい気分になった。涙も素直に出た。

「佐穂ちゃん……」

自分の番が来て、亜希子は一歩前に出た。

「佐穂ちゃん、久しぶりね、元気だった……」

手をとった。彼女の目があっと叫んでいる。何年ぶりかで握る佐穂の手はひんやりとしていて皮膚は硬かった。握りかえしてくると思った瞬間、亜希子の手は邪慳《じゃけん》にふりはらわれる。

亜希子を通り越し遠くを見ている佐穂の目があった。九歳のあの日から、あなたと会うこと、あなたの家へ訪れることが、どれほどつらい儀式だったかとその目は告げていた。

亜希子は声を失う。読経の声だけが低く続いていた。

いもうと

「おうちの方からです」

と取り次いでくれたので、てっきり妻の千鶴かと思ったところ、女の声は妹の知子であった。

「お仕事中かしら、ごめんなさい」

しかし受話器から聞こえる声は、千鶴と一瞬間違えるほどよく似ていた。中年の女の声というのは低く太くなり、電話を通すと同じように聞こえるものらしい。

「お兄ちゃんに都合合わせるから、近いうちに会ってくれないかしら」

また金の話かと広瀬克彦は思う。一年に二度か三度ほどこういう電話がかかってきて、知子は克彦は無心をされているのだ。おそらく夏のボーナスが出た頃を見はからって、知子は連絡をしてきたに違いない。

「この不景気でも、うちは結構残業が多いんだよ。もっとも金にならないサービス残業っていうやつだけどな」

「夜、どんなに遅くなってもいいの。近くまで行くわ」

それならばあさっての木曜日、夜の八時に池袋の駅前で待っていてくれと、克彦はしぶしぶと答えた。

受話器を置いた後、克彦は再びパソコンのキイを叩き始めたが、ゆっくりとクリックしながら金の算段を始めていた。ボーナスは、その半分を特別小遣いとして貰うというのが、新婚の時に妻とかわした約束であった。小遣いといっても、それで背広を買ったり、車のローンといった大きなものを払うのだから、特別枠収入といった方がいいかもしれない。あの頃はまだ給料やボーナスというものは上がり続けるものだと信じられていたし、妻の千鶴も働いていた。

が、この十年、家のローンが始まってからというもの、ボーナスの分配をめぐって、夫婦でどれほど醜い争いを繰り返してきたことだろう。自分より二つ齢下で五十になる千鶴は、高校しか出ていないごくふつうの女であるが、それでも男女同権やフェミニズムというものを、においで知っている世代である。

「あなたは家事労働というものを、本当に馬鹿にしている。だからそんなに男性優位をふりかざすのよ」

などと、いったいどこから仕入れてきたのかと唖然とするような言葉を口にされた揚句、この数年の克彦の特別枠収入たるや、本当に微々たるものである。とはいうものの、自分の自由になる金は嬉しく有難く、部下におごってやったり、飲み屋のツケを払ったりする。男だったら誰もが貴重で、楽しみにしているボーナスのあの分け前を、今度も知子にかなり与えてやることになるのかと、克彦は口を閉じ、鼻の先だけで小さなため息をついた。といっても、自宅にかけてくることをせず、こうして会社に電話を寄こす妹をいじらしいとも、哀れとも思うのはいつものことである。知子は兄嫁から嫌われていることを知っているのだ。

妹も自分と同じように、金や名誉には縁がないけれども、普通の人生をおくるものと思っていた。その信頼のようなものが揺らぎ始めたのは、いったいいつだったろうか。やはり十八年前の知子の離婚が始まりだったろう。高校を卒業した知子は、小さな建設会社に就職したのであるが、そこで図面をひいている男と知り合って結婚した。二重のよく動く大きな目と、男にしては少し喋り過ぎるのが気になったが、それもおとなしい知子とはうまく釣り合うかもしれないと、克彦は身内らしい楽観的な見方をしていたものだ。けれども五年足らずで離婚になり、二人の間に出来た三歳の男の子は、夫の方が引き取ることになった。あちらの祖父母が手放したがらないというのがその理由であったが、最初聞いた時、克彦はやり切れない気分になったものだ。自分にも子どもがいるからわかるが、三歳といえば可愛い盛りである。母親ならばどんな苦労をしても、自分で育てたいと考えるのがふつうだろう。実際、まわりを見渡しても、離婚した女はたいてい子どもを自分の手許においている。ところが知子は、争うこともなく、あっさりと向こうに渡してきたのだ。

どうやら妹の中では、何かのタガがはずれているようだと、克彦が感じた始まりであった。知子は夫と別れた後、実家に戻り、前のところよりもさらに小さな会社に勤め始めたが、やがて辞めることになった。母親が子宮癌と診断され、その看病のためである。正直に言えば、この時妹が離婚していたことは克彦にとってかなり都合のいいことであった。父親の方は、克彦が高校生の時にやはり癌で亡くなっている。老いて病んだ母親を看るといったら、長男の自分にかなりの負担がかかるはずであった。ところが妹が専用の介護人となり、最期まで母を看取ってくれたのである。もしこれが、千鶴だったらと想像すると、克彦はさまざまな事態を考え、うっすらと背筋が寒くなる。妻は決して不人情な女ではないし、いざとなったら病院にも通ってくれたはずだ。けれどもそれが七ケ月も続いたらどうなったことであろう。子どもの高校受験と同じ年に、姑の看病が快くなされたであろうか。世の中で起こる、その種の悲劇やトラブルから、克彦も逃れることは出来なかったはずだ。

知子は献身的に母親のめんどうをみた。千鶴は、週に一度見舞ったぐらいである。

「知子さんが言うのよね。お義姉さんは慎ちゃんたちのめんどうがあるんだから、決して無理をしないでくださいって……」

ある日、珍しく妻がこちらの顔色をうかがうようにして言ったのを、克彦はよく憶えている。それでお前はお墨つきを貰ったつもりなのかと怒鳴りたくなったが、じっと耐えた。仕事にかまけて、母親の病院から遠ざかっているのは、自分も変わりなかったからである。

犠牲になる者と知らん顔を決め込む者という、世間でよくある組み合わせがそれでもバランスをとって半年続いて、母親はそう苦しみもせず旅立った。そして残ったものは、五つぐらい老け込んだ娘だけだ。もともとは借家で、めぼしいものなどあろうはずもないが、預金通帳やわずかな株を整理してみても、とても遺産と呼べるようなものはなかった。

「入院費の計算を、ちゃんと知子さんに見せて貰いましょうよ」

などと言い始めた千鶴を制し、母親が長年コツコツ積み立てていた保険金で墓を建てた。父親の骨を、故郷の宮崎から持ってきて東京に新しく墓をつくるというのは母親の夢であったから、克彦はそれをきちんとかなえたことになる。これには女二人も納得したようであり、我ながら跡片づけをうまくやったと克彦は思ったものだ。

そしてその頃から、次第に知子と疎遠になっていった。兄妹といっても、家庭を持っていれば心がそちらへいかないのはあたり前の話である。克彦は男の子を二人持っていたが、どちらも充分過ぎるほどこちらをわずらわせてくれた。長男の方は勉強が嫌いで、尻をひっぱたくようにして、ようやく新設の三流大学へ進学させた。次男の方はそう成績は悪くなかったものの、覇気がなく目標を見つけることが出来ないという、典型的なフリーター気質である。大学へは進まず、ファーストフードの店や居酒屋で気がむくままにアルバイト生活をしている次男のために、克彦は何度はらわたの煮え返るような思いをしたことだろう。

父親がなく、貧しい暮らしの中で、それでも必死に勉強をして地元の国立大学へ進んだ自分と、何という違いだろうかと無念だった。しかしこれも時代というものかもしれない。豊かさというものが若者から力を失くさせ弛緩させ、心を蝕《むしば》んできたのであるが、自分の息子たちもその病から逃れることは出来なかっただけなのだと言いきかせ、納得しようと努力してきた歳月だったような気がする。そんな克彦の視界から、妹が遠ざかっていったのは当然のことだ。母親の七回忌が終わった頃から年賀状だけのつき合いになったが、ある年それが「宛先不明」で戻ってきた時はさすがに不安になり、宮崎に電話をかけた。知子を可愛がっていた伯母から、新しい住所と電話番号を聞き出したのだ。

「じゃ、言うわよ。えーと、江東区……」

耳の遠くなった伯母の、年よりくさい大声に耳を集中させながら、知子はあまりいい暮らしをしていないなと克彦は直感した。住んでいるところは、下町でもあまり人気のない駅からはずれた場所である。マンションでもハイツでもなく、アパートであった。

とにかく電話をかけ、

「引越したらそのくらいすぐに教えるもんだ。ちょっと顔を見せに来いよ」

と兄貴風を吹かせて叱ったところ、素直に週末に遊びに行くと知子は言った。

地元で有名だというドラ焼きの箱を持ち、玄関先に立った知子を見て、克彦はしばらく声が出なかった。化粧っ気の無い顔からは、台風が吹き荒れた後の、花壇の静けさが漂っていた。すべてなぎ倒された花からは、かすかに色彩がこぼれていて、人は知子が昔かなり綺麗な女だったらしいことを知るだろう。それが特徴だった黒目がちな大きな目のまわりには、不揃いな放射状に深い皺が刻まれていた。流行を全く無視したスカートとジャケット、そしてタイツではない厚目のストッキングは、「変人」と呼ばれる要素になるに違いない。その時、知子はまだ四十になっていなかったのに、「奇矯な老嬢」という雰囲気を漂わせていた。

「久しぶりね、知子さん。いったいどうしてたのよ」

千鶴はとってつけたような笑いを浮かべ、かなり露骨に義妹に視線をあてた。いい暮らしをしていないことはひと目でわかったが、何もそんな風に見なくてもと妻に腹を立てたが、もちろんそんなことは言いやしなかった。こちらの身内がしおたれた生活をしているのを、妻が心の中でみくびっている、という事態はいちばん口に出しにくいことだ。こちらの劣等感や負い目を妻にさらけ出すことになってしまうのだ。

知子はこのあいだまで、健康食品を売る会社に勤めていたという。

「でもセールスじゃないのよ。事務みたいな雑用をしていたんだけれど」

そりゃそうだろうと克彦は思った。そして今は人の紹介で、生命保険会社の社員食堂で働いているというのだ。お前、料理が出来たのかという克彦の質問に、まさかと知子は笑った。

「私が料理ヘタなの知ってるでしょう。私のやってることは、じゃが芋や玉ネギの皮むいたり、食器洗い機を動かしたりすることぐらいよ」

じゃが芋の皮をむいている、という言葉は克彦の心を揺らした。妹が賄い婦《まかなふ》になったという事実は、もう取り返しのつかないことだという気持ちがわいてきた。知子はたったひとりの女の子だったから、死んだ父親がそれは可愛がっていたものだ。よくデパートで子ども服を買ってきて、こんな高いものをと母親がこぼしていた。父親が亡くなったのは、知子が中学二年生の時であったが、もう少し長生きしたら、知子も短大ぐらいは出ていい縁談もたくさん舞い込んだかもしれない。克彦は母親に似て、ごく平凡な容姿しか持てなかったが、知子は子どもの頃から器量よしと言われたものだ。父親は目や口の造作が大きいいかつい顔立ちであったが、それが知子に伝わると、大きなつぶらな目や厚く形のいい唇となった。今どきの娘と違い、知子の年代は、美しい娘でもあまりそれを誇示することはしたないこととされた。だから化粧や洋服にあまりうつつを抜かすことはなかったのであるが、それでも若い頃の知子はおしゃれをし、薄化粧を欠かさなかったはずだ。

久しぶりに現れた知子から、あの日の面影を探すのは困難な作業であった。全く女というのは、境遇によってこれほど変わってしまうのかと、克彦は恐怖のようなものさえ感じたものだ。

その夜、泊まっていくようにという誘いを断わり、どうしても帰ると知子が言い張った時、克彦夫婦にほっとした空気が流れたのは自然なことであった。

「知子さん、随分変わっちゃったわね」

玄関まで見送って戻ってきた千鶴が、少し明る過ぎる声をあげた。一見親身になっているようであるが、そうではないことはすぐにわかる。思わず克彦が、

「母親の看病でガクッてきたのかもしれない。全部あいつに押しつけてきたからね」

と漏らし、意味を悟った千鶴がふくれるというシーンがあったが、あれは確か八年前のことだ。それから二度ほど知子は兄夫婦の元を訪れた。二度めの知子は少し綺麗になり、若返っていた。社員食堂を勧めてくれた友人が、今度は普通の食堂を紹介してくれたというのだ。そこではウェイトレスのようなことをしているという。

「お前の齢《とし》で、ウェイトレスに雇ってくれるところがあるのか」

と克彦は大げさに驚いたが、気持ちはずっと明るくなっていた。三角巾をかぶった知子が、黙々とじゃが芋の皮をむいている光景を想像するよりも、青い制服を着てコーヒーを運ぶ知子を思い浮かべる方がずっとよかった。

「でもね、食堂っていっても、お酒も出すところらしいわよ。知子さん、ホステスみたいなこともしているんじゃないかしら」

と千鶴が言い出し、まさかと克彦は打ち消した。それは今でも正しいと思っている。仮にも水商売をしていればそう生活に困ることもないはずであるが、それからの知子は時々克彦のところへ金の無心に現れるようになったのだ。

その時々で知子の印象は変わる。もうどういう仕事をしているか詳しくは話さないし、克彦も尋ねることはない。ただ、家庭を持たず、職も一定しない人間が持つ、首すじのうっすらとした垢《あか》のような、はっきりとは見定められないけれども確かにあると感じられる薄汚なさを知子は身につけつつあった。

自分のたった一人の妹が、向こう側の世界に行ってしまったと克彦は思う。どういう世界だ。こちら側の世界では、克彦や千鶴をはじめとする多くの人間が、必死になって縋《すが》りついているものがある。その手すりから落ちてはいけない、床を踏みはずしてはいけないと思い、ずうっと生きてきた。克彦の息子たちは、もうそうした手すりをはなから無視しているのであるが、そうかといってあちらの世界に行くわけでもない。

知子のいるあちらの世界というのは、何か大きなものを放棄した人間の集まりである。それが何なのか克彦はよくわからないのであるが、とにかく知子と自分とは住む場所が違うということだけはわかる。

しかし肉親の情や絆というものはわずかに残っていて、それを断ち切ることは出来ない。克彦の悩みや苛立ちもそこから起こっているのだ。


池袋の駅に着いた時、やはりどこかの喫茶店で待ち合わせをすればよかったと克彦は後悔した。夏の夜のターミナル駅はむっとするような暑さで、すれ違う人々は、熱い体温と不快さをあたりにまき散らしていた。

この街で待ち合わせ、といっても知っているところはない。駅前に一軒、古くからやっている喫茶店があるのだが、どうしても名前を思い出すことが出来なかった。調べてでも教えてやろうという気持ちが起きなかったのは、どうせ金をたかるつもりなのだろうという思いがあるからだ。

出来の悪い身内というのは、こちらの穏やかな生活を喰い荒らす白蟻《しろあり》のようなものではないかと、暑さのあまり克彦は乱暴なことを考える。余裕があるならともかく、こちらのその穏やかというのも、ぎりぎりのところで成り立っているあやふやなものだ。幸い会社の方は、まだリストラの波は押し寄せてきてはいない。その代わり昇給からも無縁で、ローンを払うのにどれほど苦労していることだろう。

長男の方は、聞いたこともないような外資系の会社に勤めているが、いつも仕事がきつくて辞めたいと愚痴っている。定職に就かない次男は女と同棲しているらしく、全くうちに寄りつかない。克彦は時々、自分の人生は鮨で言えば並の方の、しかもランチサービスの並だったかなと思うことがある。特上にはほど遠いが、それでも安いネタで何とか頑張ってきた。知子は、こうした自分の努力やつつましさをどれほど理解しているのだろうか……。

克彦は上着を脱ぎ片手にかけ、ポケットから扇を取り出した。年寄りくさいと妻から言われるが、汗かきの克彦にとって扇は必需品である。手首を動かすと生ぬるい風がやってきて、それは克彦の気持ちをますますうかないものにした。

東口に向けてゆっくりと歩いていく。待ち合わせの人々の中に、知子の姿を見つけた。だらりと立っていた。知子の他にも何人かの女がいたが、いずれも若い女だ。彼女たちは、たとえ見知らぬ人間の中に混じっていようと、緊張感を失ってはいなかった。背筋を伸ばし、片足に重心をかけ形を決めて立っている。男に待たされているという小さな不幸を、決して気取《けど》られまいとしているようだ。

けれども知子は、朝礼の最中の小学生のように、心はあらぬところへいっていて、ただ立ちつくしているだけだ。小首をかしげ、やや唇が開いているのが遠くからでもわかった。

その時、サラリーマン風の男が近づいていった。年は四十を出たというところか。隣りの若い女のところへ行くのかと思ったがそうではない。男は知子の前に立った。何か話しかける。道を聞いているのかと思ったがそうではなかった。知子の唇が不愉快そうに歪《ゆが》み、鋭い言葉を発したのだ。

「向こうへ行ってよ」

それは近づきつつあった克彦の耳に届いた。

「いったいどうしたんだよ」

とにかく待ち合わせの人の群れから逃れようと歩き出した。赤信号が青に変わる間に、克彦はもう一度問う。

「まさか、あの男、お前をナンパしたわけじゃないだろうな」

冗談めかして言った。

「宗教の勧誘か、それとも寄付金集めか」

違うわよと知子は答えた。

「暑いから、ちょっとビールでも飲みませんかって言われたのよ」

へえーっと克彦は心底驚いた。あそこに立っていたのは若い女ばかりである。そうした女を選ばず、どうして中年のさえない格好をした女に近づいていったのだろう。

二人は信号を渡り、駅前の歓楽街を歩いた。よくこんな狭いところに三階のビルを建てたものだと感心するような鰻屋があった。鰻屋といっても、老舗《しにせ》の気取ったところではなく、焼き鳥も出せば、松花堂弁当も出すというところである。ここでいいかと尋ねると、知子は黙って頷いた。新宿まで出れば、馴じみの店が何軒かあるのだが、そこまですることもないだろう。金の話を手短かに済ませるのだ。こういう大衆食堂のような店で充分だろう。

そうはいっても、久しぶりのことでありビールを注文した。そして鰻の白焼きを二人前と新香をとる。知子は手を伸ばして、店員から小皿や割り箸を受け取り、克彦の前に並べる。こうした気の遣いようは、同じ職業に就いていなければ出来ないことだ。克彦はここの女たちと同じように、白い三角巾で頭をまとめ、制服を着た知子の姿をたやすく思い浮かべることが出来た。

「それにしても……」

おしぼりで額の汗をぐいと拭《ぬぐ》った。ひと息に飲んだビールのせいで、軽口が難なく出てきた。

「どうしてさっきの男、お前みたいなおばさんに声をかけてきたのかなあ。オレは不思議でたまんないよ。暗いから、年格好がわからなかったのかな。まさかそんなはずないよな」

「私にわかるわけないでしょ」

知子は不貞腐《ふてくさ》れたように片方の肘をつき、ビールをリズムよく流し込んでいく。どう見てもまともな家の主婦の姿ではない。克彦はまじまじと妹を眺めた。ちょうど夕飯どきとあって、店は八分の混みようだ。サラリーマンがグループで生ビールを飲み干しているかと思うと、あきらかに旅行者とわかる初老の夫婦ものが、黙々と松花堂弁当を口に運んでいる。池袋の雑踏がひと筋流れ込んだような店の中で、克彦は他人の、通りすがりの男のような目で妹を見つめている。

蛍光灯の下で、知子は四十七歳に相応の皺や弛《たる》みをあきらかにしていた。が、服装や化粧は前よりもずっとましになっている。白いツーピースを着ていたが、衿のくりが大きく、そこから意外に白く綺麗な首すじがのぞいていた。

若くもなく、ひと目をひくような美貌もなかった。けれども知子には、かつて美人だった女が徹底的にうちのめされた後、少しずつ蘇生をしているようなたくましさが漂っていた。唇だけは濃くローズピンクが塗られていたが、決して古くさい色ではない。よく光る艶のある色で塗られているから、知子の唇はかつての表情を取り戻していた。いや、取り戻さないまでも、この唇がいきいきと喋り、何人かの男の唇を受け止めただろうと想像するところまでは来ていた。

時々こういう女がいる。

「昔はかなり綺麗だったのではないか」

と目を凝らし、その目や唇や顎の線から、その女の過去をクイズのようにたぐろうとする。そうしているうちに目が離せなくなり、やがて少しずつ腹が立ってくるのである。どうしてもっと身のまわりを構わないのか。どうしてこれほどたやすく、老いに場所を譲ったのだろうか……。どういう形にせよ、男の時間をそれだけ奪うというのも、女の魅力というものかもしれない。

それに加えて、知子にはひとり者で、客商売をしていた女特有のだらしなさのようなものがある。それを知子は色気にまで昇華させていないのであるが、ごくたまにはさっきの男のような手合いを呼び寄せるくらいのことはあるのだろう。

いずれにしても、もう再婚なんか出来るはずもないさとビールを飲み干したとたん、いきなりある記憶が溢《あふ》れてきて、克彦はむせそうになった。

あれは三十年以上前のことだ。知子の魅力が、今のように無理やり想像を働かせずとも、自然に誰にでも理解出来た頃である。高校二年生だった克彦は、突然隣りのクラスのボスに呼び出された。

「お前の妹って、可愛いじゃん。本当に兄妹なのかよ」

やたら目立つ中学生がいた。調べてみたらお前の妹だった。一度でいいからデイトさせてくれないかな。そんなことをゆっくり喋る。同い年でありながら、髭の剃り跡の目立つ顎をいまもよく憶えている。断わってもよかったのだが、めんどうくさい相手だということはよくわかっていた。

「お茶を飲むだけでいいから頼むよ」

知子に手を合わせると、ああ、あのしつこい高校生ねと知子は顔をしかめた。

「ひとりじゃ何も出来ないくせに、二、三人になると、トモちゃーんなんて大声出してさ、すっごく子どもっぽいよね」

そこを何とかと送り出したのであるが、やっぱり楽しくなかったと、ぷりぷりしながら帰ってきた。

「どうしてあんな人の言うことときかなくちゃいけないの。お兄ちゃんって本当にいくじなしなんだから……」

そうか、いくじなしか……。克彦はぬるくなったビールに口をつける。考えてみると、知子とのつきあいは、隣りのクラスのボスが、妻の千鶴や世間体というものに変わっただけかもしれない。

「あのさぁ」

顔を上げると、中学生の妹ではなく、中年の女の顔があった。しかし一瞬赤いものがはじけたような光に、克彦は遠い遠い日の少女の瞳を見た。

「私、今、男の人と暮らしているから、一応そのことを言っておこうと思って」

「結婚するのか」

「ううん、あっちは奥さんと子どもがいる人だから」

やがて黒いプラスチックのお重と、やはりプラスチックの吸い物椀が二つ運ばれてきた。蒲焼の特上ではなく、〝上〟を頼んだのであるが、値段のわりにはふっくらと飴色に光っていて、うまそうな鰻である。箸をすくうようにつっ込み、克彦はふうーんと声をもらした。

「そんなことばっかりしていて、どうするんだ。悪い男に騙されているんじゃないのか」

「別に悪い人じゃないよ。普通の勤め人だよ」

「歳は幾つだ」

「お兄ちゃんより七つ歳上じゃなかったかな」

六十近いと答えればいいところを、「お兄ちゃんより七つ上」と計算してくれたのが面映ゆい。もしかすると妹というものは、いつも男の年齢を兄を尺度にして見ているのかもしれない。

「そんな年寄りかよ」

克彦は大げさにため息をついた。しかし若い男と聞かされたら、おそらくもっと嫌な気分になっていたかもしれない。

「そんな年寄りと一緒に暮らしてどうするんだ。お前はどうして、いつも損することばかりしているんだ」

知子は蒲焼を食べる手を休めずに言った。

「でも、損するのはずうっと慣れているから」

その時、損という字と慣れるという字は、右のつくりが似てるなと克彦はふと思った。もしかするとこれは自分に対する痛烈な嫌みかもしれないが、何も感じないふりをしよう。そうした方がお互いに得策というものだ。


店を出ると、先ほどまでの人の波が嘘のようであった。店の電気も幾つか消えている。ここいらは店仕舞いが早いらしい。

「それじゃ。お前、池袋線だよな」

「うん、そこから乗るから」

男と暮らしているならば、金はいらないかなと思ったものの、克彦は財布を取り出した。もしやと思って何枚かの紙幣は用意していた。その中から五枚を抜き取り、すばやく知子の手に握らせた。

「これは、その、結婚祝いのようなもんだ。いや、結婚してないんだったら、なんだ、あれだな、とにかくとっとけ」

「ありがとう」

しばらく知子は紙幣を握ったままだ。

酔った男たちが通りすがりに、そんな二人の動きに目をやる。もしかすると、娼婦を買った男に思われたかもしれない。しかしこんな老けた、みすぼらしい娼婦がいるものかと、克彦は低く笑った。

春の海へ

車は橋にさしかかる。巨大な橋桁《はしげた》は三月になったばかりの水色の空を何分割かしていた。

寛子がレインボーブリッジを見るのはこれで二度めだ。最初に見たのはおととしのことで、親戚の結婚式のために羽田空港へ向かう途中であった。モノレールではなく、どうして金のかかるタクシーを使ったのか憶えていない。もしかするとこの橋を見るためだったかもしれなかった。とにかくあの時、寛子の傍には中学生だった娘の由布子が座り、前の席には夫がいた。そして今、寛子の隣りでは、夫ではない別の男がハンドルを握っているのである。

この男、伊藤のことを寛子は「神さまからの贈り物」ではないかと考えることがある。これから先、ただ老いていくだけだと思っていた寛子の人生に、突然せつなくて輝くものを持ってきてくれた男なのだ。その幸運がいまだに寛子は信じられない。どうして自分に、このような幸せが訪れるのだろうかと訝《いぶか》しく思うことさえある。

寛子は三十九歳になる。来年は四十歳であり、どうあがいたところで中年と呼ばれる年齢になるはずであった。とはいうものの、あきらめていい年齢なのか、それとも断固として戦う年齢なのか、寛子はこのあいだまで判断がつきかねていた。鏡を見ると首と顎にまだ肉はついていない。よく眠った次の日、肌はみずみずしい輝きを保っている。それなのに世間の人々は、寛子にもう何も望むなと命じているようであった。一時期いっそのことぶくぶくと太り出してみたいと思ったことがある。外見からして中年女になれば、自分も安心してそれに従うことが出来るのではないかと思ったのだ。

けれども伊藤が現れて、寛子のそんな逡巡はすべて吹き飛ばしてしまった。寛子は再び女として生きることの目的と役割を手にしたのである。男に渇仰《かつごう》され、抱かれる女ならば、いつまでも美しくなければいけない。こんなあたり前のことに気づかせてくれた伊藤は、やはり神さまからの贈り物なのである。

彼と寝るまでにはさまざまな駆け引きがあり、当然のこととはいえ人妻の寛子はあれこれ悩んだものだ。何とか体の関係を持たずに、酒を飲んだり食事をしたりという楽しみだけ味わうことは出来ないものだろうかとさえ考えた。しかし男の方はそんなことで満足するはずもなく、途中からひどく強引になった。おそらく「男に熱心に口説き落とされた」という形にし、寛子の自尊心を守ろうとしてくれたのではないだろうか。とにかく寛子は男と寝た。そしてその日から彼女は、すっかり恋する人妻となってしまったのである。

伊藤はこんな風に言ったものだ。

「真剣なんだ。どうしようもないぐらい真剣なんだ。この歳になって、こんな気持ちになるのは初めてなんだ。全く驚きだよ……」

伊藤は四十五歳になる。この歳になって、とつぶやくにはまだ早過ぎる。けれども彼はやたらとこのフレーズを連発したものだ。

「この歳になって、こんな恋が出来るとは思わなかったよ」

「私もよ……」

あの日シーツにくるまれたまま寛子は答えた。羞恥ということもあるが、子どもを産んでたるんだ腹を男に見せたくなかったからである。けれども闇の中で聞く男の声は低く沈んでいて、その言葉のひとつひとつがはらわたに染み込んでいくようであった。

男はまた「愛している」という言葉さえささやき、そんなことは夫以外から言われてはいけないものだと思っていた寛子は、大層驚いたものである。やがて驚きが去ると、次にやってきたのはしみじみとした感動だ。三十九歳で母親である自分に、こうささやいてくれた男にいくら感謝してもたりないくらいだ。そのお返しに、寛子はもっと男を愛さなくてはいけないのである。

最初にホテルで結ばれてからひと月がたった。寛子は肌の手入れを始めるようになり、新しい洗顔クリームとパックを買い込んだ。娘に知られないように、鏡の前で簡単な体操も始めた。そんな時に伊藤からの電話がかかってきたのである。

「ドライブへ行こうよ。春の湘南の海でも見にいかない」

天にものぼる気持ち、というのはこういうことを言うのではないだろうか。男とドライブへ行くなどというのは、十数年ぶりだ。夫は車を使っての移動はしてくれるが、無目的に出かけ、一緒に景色を楽しむなどという遊びはいっさいない。

伊藤は自分を貴び、敬っているのだと寛子は思った。これがホテルへ行こうという誘いであったら、きっと自分は悲しんだに違いない。体だけが目的なのだと、男に疑いを持ったであろう。が、男は、次のデイトはドライブにしようと提案してくれたのである。

寛子は男が口にした、

「自分は恋をしているのだ」

という言葉を信じようと思う。恋をしているからこそ、車で遠出をするなどというまわりくどいことが出来るのだ。セックスという場所へ直行することを恋と呼ぶのは、若い人たちの特権である。寛子たちの年齢であったら迂回ということをしなくてはならない。が、そのまわり道こそが誠意というもので、誠意こそは恋する人妻がいちばん欲しているものであった。

約束の土曜日、寛子は早起きをして弁当をつくった。一日中家を空け、しかも手の込んだ弁当をつくることへの言いわけとして、寛子は、

「英会話スクールの仲間と菜の花を観に出かける」

という名目をつくったのである。娘の高校合格をきっかけに入会した英会話スクールは、全く、寛子に何とたくさんのものを与えてくれたことだろう。伊藤と知り合ったのもその学校でである。スクールが入っている駅前の大きな雑居ビルに、彼が勤務している会社があったのだ。一緒にエレベーターに乗りあわせた際、ほんの一、二分のことであるが、停電のために中に閉じ込められてしまった。その時、てきぱきと緊急電話で管理室と連絡をとり合う彼の横顔から、寛子は目をそらすことが出来なくなってしまった。すべてはそれが始まりだったといってもいい。

そのエレベーターの中には、他に二人スクールの仲間が乗り合わせていたのであるが、伊藤はそんな女は全く目に入らなかったという。自分たちは最初から二人きりでエレベーターに乗り合わせていたと主張するのであるが、寛子は彼のそんな子どもっぽい嘘が大層嬉しい。女ずれしていない様子があちこちに見えるのである。いつのまにか二人はビルの中で出会うと目礼を交し合い、近くの喫茶店でお茶を飲むようになるのであるが、そこまでがとても長かった。が、あとはとんとん拍子に進み、食事をし一緒に酒を飲むようになった。初めて彼の行きつけのバーに連れていってもらった帰り、歩道橋の上で

キスをかわしたが、ここまでは割合と時間がかからなかった。

二人で会うようになってからというもの、寛子はキスまでがゴールと決めていたのである。自分で決めた短かいゴールまでは、人は全速力で走ることが出来る。そうためらうこともしない。けれども問題はその後であった。短大を出てすぐ職場結婚した寛子であったから、男は夫しか知らない。今の娘たちが聞いたら信じられないような話であろうが、四十歳前後にこういう女はかなりいるはずだ。伊藤はいわば、女としてもの心がついた寛子にとって、初めての男ということになる。

とにかくあの夜はいろいろなことが重なったのだ。夫の急な出張、そして慣れないワインに酔ってしまったこと、なかなかつかまらなかったタクシー、いつもよりもはるかに強く痛いほどだった、伊藤の自分の肘をつかむ腕……。寛子は決して後悔はしていない。後悔というのは、もう二度と同じことはすまいという固い決意を含んでいるものだ。ところが寛子ときたら、こうしてうきうきと男の車の助手席に乗っているのである。

伊藤の運転するシーマは、もうかなり古いものらしい。シートも少々色褪せている。けれども内部はとても清潔であった。寛子の嫌いなカーアクセサリーもないし、芳香剤、花模様の箱に入ったティッシュペーパーといった類も置いてなかった。もしかするとドライブするにあたって、伊藤はそういうものをとり除《の》けたのではないだろうか。ただひとつワイパーの傍で、交通安全のお守りが揺れている。伊藤の妻がもらってきたものだろうか。一度も会ったことがないが、神々の社の前で頭《こうべ》を垂れる中年の女が見えるようだ。その女は決して醜くなく、清楚な雰囲気を漂わせている。他の女に聞いたことがないからわからないのだが、不倫の恋をしている場合、相手の妻のイメージというのはみんな賢く、つつましいといったものではないだろうか。妻のことを罵ったり、あしざまに言う女を寛子はどうも理解出来ない。それは自分も家庭を持っているせいに違いない。そのことの負いめが、相手の女に対しても優しい感情を抱かせているのである。

だから家庭持ち同士の恋というのは、これほどまでに純で無器用なのだと寛子は思う。いったん体を許し合った二人が次に会うとなれば、既に手順が出来、男が図々しくなっていくはずである。それなのに伊藤ときたら、ドライブしよう、春の海を見に行こうなどと少年のような誘いを言ってきたのである。

「寒くない？」

さきほどから伊藤はしきりに温度を気にしている。三月のはじめだというのに、今日は朝から冷え込みがきつい。東京でめったに見られないほど青く澄みきった空も、冷気が原因しているのだろう。

けれども車の中はほどよい暖かさに充ちている。

大丈夫、ちっとも寒くないと寛子が言うと、男はどれと言って寛子の右手を握った。

ハンドルを操作しながら、寛子の手をさらに強く握りしめる。そして「冷たいね」とつぶやいた。その口調がいかにもしみじみとしていて、寛子は嬉しさのあまり息がとまりそうになる。貧血気味の寛子は、気温が下がると手足が冷えて硬《こわ》ばってくるのだが、そんなことに気づいてくれる人は誰ひとりいない。月に一度か二度、寛子のベッドにやってくる夫も、そのことには無関心であった。

隣りに座っている男は、寛子の指先のひとつひとつまでいとおしく思い、記憶に刻もうとしてくれているのである。これが恋でなくて何だろう。

恋、それは二十年ぶりに寛子の胸に訪れた甘くせつない客人である。若い頃はそれを当然のことのようにして迎え入れていたが、四十になろうという今では、どれほど貴重な客であるかがよくわかる。中年の女に対して、この客はもうドアをノックしないのである。ほとんどの女たちの前を通り過ぎるだけなのである。ところが彼は寛子のところにはやってきたのだ。おずおずとドアは開かれ、そして寛子の大切な客間を占めようとしている。

いわば寛子は選ばれた女ということになる。世の中には汚らしい情事は経験しても、恋を味わうことの出来る人妻は何人もいないのだ。自分のような平凡な主婦のいったいどこがよかったのかと寛子は尋ね、そしていちばん欲しかった答えを即座に得た。

「昼間あのスクールにやってくる奥さんはいっぱいいるけど、君ぐらい綺麗で素敵な人はいなかったよ。ひと目見て好きになったよ」

寛子は決して自己愛や自惚《うぬぼ》れの強い女ではなかったから、鏡を見れば真実に近いところまで自分のことを理解することが出来た。が、男には好きな女を見る時の、特別の視線と規準があるのだと思える程度にはロマンチストでもある。だから寛子はベッドの上で男がささやく、好きだ、美しい、という言葉を素直に受け止めることが出来るのだ。

本当に寛子は後悔していなかった。夫以外の男に抱かれたことをだ。もちろん、しばらくは夫の寝顔をまともに見ることが出来なかった。それよりも怖かったのは娘の視線で、次の日朝食の仕度をしている自分の後ろ姿を、じっと見ているような気がして仕方なかった。もし伊藤とのことが露見したとしたら、憤り嘆き悲しむのは夫よりも娘に違いないと思うと本当に身がすくんだものだ。

けれど一週間たち十日たち、家族が何も気づいていないとわかった時、安堵と共に寛子の胸にやってきたのは、伊藤との一夜の記憶である。お互いに照れて恥ずかしかったので、すべての電気を消した。が、ベッドサイドテーブルの下に、小さな灯りがあり、それだけは残しておいたので、二人の裸体は、黒いシルエットとなって浮かび上がる。次第に目が馴れてくると、寛子は男の顔や胸も見ることが出来るようになった。伊藤は背が高く、肩幅も広くしっかりと肉がついていた。それは上下運動をする時、天井のように寛子の上に覆いかぶさる。男の黒ずんだ乳首がすぐ目の前にあった。ということは自分の体も、しっかりと男の目に入っていることになる。寛子は自分の肉のつき始めた腹や、はっきりと垂れてきた乳房のことを考える。が、男は何度も口にしたではないか。

「綺麗だよ。本当に綺麗な体だよね……」

嘘だと叫ぶ声が寛子の中でかすかに起こるけれど、それはすぐにかき消されてしまう。嘘などついていない。彼の目には確かにそう映るのだ。そう思わなかったら、三十九歳の自分がどうして他の男に抱かれることが出来るだろう。

それでも闇の中で、寛子はシーツを使って自分の体を覆い隠そうとした。男はそれを剝がそうとする。ベッドの上で布をめぐっての攻防戦が始まった。寛子はそのことにも感動する。この世の中に、自分の裸体を見たいがために、このように苛立つ男がいるのだ。これほど一心にシーツを奪いとろうとする男がいるのだ。こんなことが現実に起こっているとはまだ信じられない。

そもそもシティホテルに泊まるなどということが、寛子の日常からかけ離れたことなのである。伊藤は赤坂のホテルへ寛子を誘ったのであるが、このようなところに来るのは新婚旅行以来だ。ホテルの寝装具は非常に頼りなく、シーツと毛布がかぶせてあるだけである。寛子はすぐに負け、何もかも男の前にさらけ出すことになった……。

あの夜のことを考えると、寛子はぼんやりと頭のしんがやわらかくなるような気分になる。あれは確かに幸福というものであった。が、あの幸福はそうたやすく男に与えてはいけないと思う。また自分がそう感じていることを男に悟られてもいけない。

今日の伊藤の目的は春の海に向けてドライブすることである。この時間ならば江の島の方へ足を伸ばしても、夜までには家に帰ってくることが出来るはずだ。幸い夫の方はゴルフへ出かけ、夕飯は途中で済ませてくると言っていた。娘の由布子には、何か適当につくって食べるように言っておいたが、あの子のことだから、近所の友人を誘って近くのファミリーレストランにでも出かけることだろう。寛子自身にも憶えがあるが、親兄弟よりも友人がいちばん大切な年齢なのだ。けれども母親の寛子は、ずっと長く、十七年間も夫と子どもがいちばん大切だという生活をおくってきた。それはもちろん幸福なことであるが、今また寛子は別の幸福に出会ってしまったようなのである。

おそらく今日、男と自分とはたそがれの海を見ることになるだろう。それは赤いのか、紫色をしているのか、寛子にはわからない。長いこと夕暮れの浜に立つようなことはなかったからだ。けれどもその海を見つめながら、二人は抱き合い、くちづけを交すはずである。多分男は「愛している」、「好きだ」という言葉をつぶやくだろう。

ベッドの上の幸福は激し過ぎて寛子はまだなじめないでいる。が、春の海辺でもたらされるはずの幸福は、あまりにも清らかで正しい形を保っているので、すんなりと受け容れられそうな気がした。そしてそういう幸福を重ねることにより、寛子の罪は浄められるような気がするのだ。ホテルのベッドでの幸福は、海辺の幸福によって浄められなくてはいけないものなのである。

「ねえ、ガムを食べる」

「ああ……」

イチゴ味のチューインガムは、昨日寛子がスーパーの菓子売場で買い求めたものだ。甘く小さなこまごまとしたものを買うなどというのは、娘の遠足の時以来である。四角形のガムを口に入れてやる時、寛子の指は男の歯に触れた。それは思いのほか硬度を持っていた。男の唾液でかすかに濡れている親指と人さし指を使い、今度は自分の口にガムを入れる。懐かしいイチゴの味が口に拡がった。何だか鼻歌でも口ずさみたいような気分だ。肉と肉を激しくからめ合った男女が、こんな風に子どものようなひとときを過ごすというのは、芝居じみていて楽しい。

「私、江の島へ行くのなんて久しぶりだわ」

寛子は言った。

「ねえ、鎌倉の方へも行ってみましょうね。車を停めてちょっとぶらぶら歩きましょうよ」

「鎌倉の方じゃなくてもいいだろ」

ガムを嚙んでいるために、男の発音はやや不明瞭になる。

「もっと近いところにしようよ。新横浜の方でもいいだろ」

「えっ、新横浜に海なんかあるの」

「だからさ、海じゃなくって、二人きりになれるところにしようよ」

寛子は黙る。本当のことを言えば、そのことを考えないわけでもなかった。けれども寛子の想像の中ではこうだ。海でくちづけを交した際、伊藤は寛子の胸をまさぐる。それはもう既に行なわれていることだ。そして彼はどこかホテルへ寄っていきたいと訴えるだろう。けれども寛子は首を横に振る。とても時間がない。いくら遅くなるといっても、夫は夜の九時には帰ってくるだろう。それより遅くなれば、娘とておかしな風に思うはずだ。とてもホテルへ寄る時間などない、と寛子が言うと、伊藤はそれでもと、強い言葉で主張するはずだ。無理やりにでも寛子の時間を奪おうとする。まるでシーツを剝ぎ取るようにだ。その熱心さに負け、もしかすると、もしかすると、寛子は頷くかもしれない。しかしいずれにしても、そういうやりとりは夕暮れの薄闇の中で行なわれなければならなかった。

車の時計は昼の十二時半をさしている。太陽は高いところにあり、翳《かげ》るまでにまだ充分なときが残されていた。こんな時間に裸で抱き合う男女がいることなど、寛子には信じられない。そうしたことは、すべてしかるべき時間、あたりが闇に包まれた時に行なわれるべきではないだろうか。

寛子は口に出して言った。

「嫌だわ……。まだこんなに明るいじゃないの」

けれども伊藤は、それを単純な羞恥とそれに伴う媚びと見なしたようだ。

「そんなさ、明るい、暗いは関係ないよ。昼間のラブホテルの駐車場は、結構車でいっぱいだっていうものな」

「えっ、ラブホテルへ行くの」

寛子は恐怖のあまり胸が締めつけられる。結婚前に夫とそうしたホテルへ行ったことは三、四回ある。けれども誰かに見られないかという思いで、行き帰りに顔を上げることが出来なかった。ましてや今の寛子は人妻なのである。普通のホテルだったらともかく、ラブホテルではもう申し開きは出来ない。入っていくところを知人に見られたりしたら、大変なことになるだろう。夫が許してくれるはずはない。

「ねえ、普通のホテルじゃいけないの。横浜までいけば、ちゃんとしたホテルがいっぱいあるじゃないの」

「君は臆病だなあ」

伊藤は寛子の哀願を笑ってつき放した。

「車でさっと入るから誰にも見られやしないよ。それに普通のホテルは、まだチェックイン前の時間だよ。掃除のおばさんたちが、ガーガー掃除機の音をたててるんだよ。そんなとこ、とてもムードが出やしないよ」

それにと、伊藤はつけ加えた。

「今からホテルへ入ったら、夕方帰ってもちゃんと一泊分の料金を取られるんだから馬鹿馬鹿しいじゃないか」

ああ、そうだったのかと寛子はひとつ階段をつき落とされたような気分になる。今まで二人で会う時の費用は、すべて伊藤が出してくれていた。食事代を半分受け取ってくれと言った時も、頑として拒否したものだ。けれども伊藤も普通のサラリーマンである。家のことを詳しく聞いたことはないが、中学、高校に通う男の子が二人いるという。こうした男が、ふんだんに小遣いを使えるはずがなかった。

おそらく、もう関係を持ったからには、そう見栄を張らずにやっていこうということなのだ。寛子もよく知らないが、ラブホテルというところは、ちゃんとしたホテルの何分の一かで済むらしい。てっとり早くそうした場所へ行こうと伊藤は言っているのである。

「私、困るわ。そんなところを人に見られたら大変なことになるもの……」

「そんなことはないよ。ラブホテルっていうのはさ、絶対に人に見られないようになっているんだから」

寛子の頭の中で、さまざまな計算が始まる。夕方に口説かれるが、結局は時間がないと断わることと、さっとこのままホテルへ入り、夫や子どもの帰る時間までに家に戻ることとどちらが得策だろうかと考えたのだ。前者の方が危険は少ないかもしれぬ。だが、今きっぱりと断っては気まずい思いをするだろう。それはしたくない。春の昼下がり、高速を走る車は、ホテルへ入る入らないで争うことには似つかわしくなかった。最後にちらっと今日つけている下着のことも考えた。伊藤と会う時は必ずよそゆきのものを着ているから心配はなかった。

寛子の沈黙を承諾ととったのだろう、伊藤は「新横浜」と表示された高速の出口へと向かう。そこは奇妙な町であった。新幹線の中から見たのではわからなかったのであるが、大きな森が残されているかと思うと、その傍に高層ビルが建っている。まだ開発されきっていない低い山の裾野に、小さな家々が押し寄せてきていた。都会と自然とがまだ折り合いがつかず、てんでに肩肘を張っているような感じである。

高速を降りた車は、いったん駅まで行き、やがて国道を走る。両側は中古車センターと小さな工場で埋まっている。

「おかしいなあ、夜このへんを走ると、看板がいっぱい出ているのになあ……」

伊藤が首をかしげる。土曜日だというのに、車の往来が激しい。埃をかぶって白くなったトラックが、この殺伐といってもいい風景によく似合っている。

「あ、あそこにある」

そのトラックが走る先に、白い無機質なビルが見えた。が、近づくにつれ、その無機質に見えたビルの窓はなかなか凝っているのがわかる。手すりにロココ風の装飾がほどこされているのだ。同時に大きなホテルの看板も目に飛び込んできた。

「イヤ、とんでもないわ。やめて、お願い」

寛子は思わず目を閉じた。本当に息が止まりそうだ。これほどたくさん車が走っている真昼、ホテルに向けて左折するなどということが出来るはずがない。寛子の秘めごとは、いっぺんに十数人の人々に目撃されることになってしまう。

「だったらどういうところがいいんだよ。もう同じところをぐるぐるまわっているんだから」

せめて、大きな道路に面したところはやめて頂戴と寛子は懇願した。不機嫌に押し黙った伊藤はさらに車を走らす。やがて「この先二〇〇メートル右折」という看板が見えた。

「ここならいいだろう」

工場地帯の中をしばらくいくと、ひと目でその種のホテルとわかる建物が見えた。既に駐車場には二台の四駆と一台の白い乗用車が停まっていた。どれも若者向けの車だ。

二人は何も言わず車から滑り降りる。ホテルのガラス窓に陽が反射してまぶしい。寛子は弁当を車の中から持ち出そうかどうか一瞬迷い、そしてやめた。ラブホテルの一室でお握りや卵焼きを頬ばるのはやはりみじめ過ぎる。

ホテルの入口を入ると、各部屋のパネルが貼られていた。このあたりは、昔寛子が知っていたラブホテルとあまり変わりない。

「三〇二号室がいいな」

伊藤は言った。その時「休憩5000円〜8200円」という文字がちらりと見えた。その安さが寛子には悲しい。海で過ごすはずであった一日は、このような安直な小部屋にとって替わられてしまうのだ。

長い廊下であった。片側のドアはみな白い色に塗られていて、ことりとも音がしない。伊藤が先に入り灯りをつけた。

何もかもブルーに彩られた部屋だ。稚拙な熱帯魚が、壁一面に貼られた鏡に描かれていた。

「まいったなあ……」

伊藤が低く笑う。ひどく卑猥な笑いであった。

「こりゃまた、若向きのこっぱずかしい部屋だよなあ」

そうしながらも入口の横にあるクローゼットを開け、せかせかと脱いだ上着をかけた。寛子の前で恥ずかしがることもなくズボンも脱ぎ、ハンガーに几帳面にかける。

その手順が、家に帰ってきた時の夫とそっくり同じなことに寛子は気づいた。伊藤は丸首のセーターも脱ぐ。

下着姿の男というのはひどく間が抜けて見えるものだ。シャツはおそらく新品であろう。ブルーの部屋の中で白く輝いている。青味のかかった面白い柄のトランクスだと寛子は思った。もしもということを考え、寛子がスリップをあれこれ選んできたように、伊藤もまたこの下着を念入りに選び取り出したのであろう。

やがて彼は寛子に近づきキスをする。長いくちづけの間、寛子は男の腹が随分とせり出していることがわかる。背も高く、そう太っているようにも見えなかったのであるが、下着の腹部は胸のすぐ下からなだらかな線を描いているのだ。

「シャワーを浴びてくるよ」

伊藤は言い、とっておきの言葉を与えるのだとばかり、寛子の耳元でささやく。

「一緒にシャワーに行く？……」

「いいえ」

寛子が首を横に振ると、彼はそうがっかりする風でもなく、ドアの向こうに消えた。やがて長い小便の音が聞こえてくる。

寛子はベッドに腰かけた。ラブホテルの布団がこんな形をしているとは思わなかった。寛子が家で使うものとよく似ている。花模様のかけ布団に、真白い木綿のカバーがかかっているのだ。所在なさから寛子は枕元のボタンを押してみる。やがてロックのメロディが流れてきた。別のボタンを押す。部屋のあかりが消え、天井からのブルーの小さな照明だけが残った。海の底にいるような効果を狙ったものだろう。

寛子は次のボタンを押す。今度は優しいメロディが流れてきた。寛子はしばらくそれに気をとられるふりをする。

今日は春の海へ行くはずだったのではないか。男と自分とは、少年と少女に戻り、ぴったり寄り添って風や波を見るのではなかったか。それなのに海はどこかへ消えて、寛子はまがいものの海を見ている。熱帯魚と海草をペンキで描いた安っぽい海だ。

「海だ」

けれども寛子はつぶやく。何か声に出して言わなければ、寛子があれほど怖れているもの、失望がむっくりと頭をもたげてきそうであった。

帰郷

駅を降りると左右に続く商店街がある。

田舎の駅前はどこもそうらしいが、この商店街ももうじき息絶えようとしていた。半分以上の店がシャッターを下ろしていたし、中には取り壊され整地されているところもある。八百屋だったところがコンビニエンス・ストアになっていて、そこだけが看板もガラスも新しく活気がある。他は店舗も店主も老いていた。幼い私が一度だけ消しゴムを万引きした、文房具店の主人は数年前に死んだらしい。その隣りの菓子屋の夫婦はまだ生きているが、ぞっとするほど老いていて妻の方は腰が大きく曲がっていた。あまりにも歳月がたったので、誰が生きているのか死んでいるのか全くわからなくなっている。もし死んだはずの誰かが店先から私に向かって、

「久しぶりだね。いつまでいるんだい」

と呼びかけたとしても、それほど私は不思議にも思わないし、恐怖も感じないような

気がする。さびれ、消えていくばかりの田舎の商店街というのは墓場とよく似ている。死んだ者たちの記憶が、家ごとにきちんと墓石のように並べられているのだ。たまに足を運ぶ客たちは、さしずめ参拝者であろうか。

今年、この町に三人の女たちが帰ってきた。私と松子と広美の三人である。が、広美についてはとりたてて言うこともないだろう。彼女は高校の同級生と結婚していたから、夫の故郷もここにある。広美の夫の家は、この町でもかなりの資産家でとおっているから家はどうしても継がなくてはならない。東京のサラリーマン生活は楽しかったと広美は愚痴をこぼすが、彼女の実家にも近いところに住むことになり、まあ幸せな帰郷ということになるだろう。

問題は私だ。七十歳になる母が昨年の秋に足をくじいた。たいしたことはないだろうとたかをくくっていたのだが、ついに寝たきりになってしまったのだ。まさかこれほど早く老人介護が私の肩にかかってこようとは思わなかったのであるが、逃れるわけにもいかない。私には姉がいて近くに嫁いでいたが、育ち盛りの子どもを抱えていて介護にも限界がある。何度か話し合った結果、私が帰ることになったのだ。

私は三十八歳になるが一度も結婚したことがない。気楽なひとり者として、もっと早く帰るべきだったのかもしれないが、これにはいろいろ理由がある。母も姉も私に対して強い言葉で命じることが出来ないほど、私が家の経済を支えていた時期があったのだ。

二十代の後半から三十代にかけて私は相当の額の金を手にしていた。自分でも空怖しくなるほどの大金が毎月舞い込んできたのだ。私は英語教材のセールスをしていたのであるが、あの頃の売り文句を今でも空で言えるほどだ。そしてみんなそれを信じた。

「アメリカの五つの一流大学が、特別研究チームをつくって、非英語圏の人たちのための教育システムを確立したんです」

「奇跡のように、三ケ月で喋れるようになるんです」

「学者さんたちがつくったものだから間違いはありません」

「本当に画期的な学習方法なんです」

「NASAでも、これを利用しているんですよ」

ビデオ二十巻にテキストがつき、二十七万円という金額であったが、バブル景気に沸く都会では実によく売れた。普通のOLでさえ、あの頃は気軽に金を遣ってくれたものだ。私は歩合制をとっていたが、売れ行きが伸びるに従ってそのパーセンテージも上がっていった。最初はたった五人しかいなかった会社が、最盛期には四十人となり銀座のビルにオフィスを構えた。社長は「躍進する青年実業家」としてマスコミに取り上げられたほどだ。

私はごく初期の頃から、社長の右腕でありそして愛人であった。社員もみんな私たちの関係に気づいていたはずだ。二年前にこの会社が倒産した時、私は社員からも彼の妻からも、会社を喰い潰した悪女のように言われたものだがそんなことはない。私は彼から個人的なものはいっさい貰ってはいなかった。ただ彼のためによかれと頑張ったことが多くの報酬をもたらしただけである。男への愛がそのまま会社への貢献となり、私への収入と繋がっていったあの頃は本当に楽しかった。

会社がいよいよ駄目になる時、彼は私に幾らでもいいから金を融通してくれないかと懇願したものである。それをきっぱり断わると今度は一緒に死んでくれないかと言われた。こちらの方がはるかに私の心を動かしたが、最後はやはりそんなことにはならなかった。彼は家族の元に帰り、すっかりヒステリックになった妻と残る人生を共にすることを決めたのである。

まあ、そんなことはどうでもいい。すべて終わったことだ。私は自暴自棄というほど強い感情を持たず、この二年間東京で暮らしてきた。蓄えを喰いつぶすのは嫌だったから派遣社員をしたり、時々は塾の講師をした。母はとっくに寝ついていたのだから、もっと早く帰らなければいけなかったのであるが、私がやっと重い腰を上げるには、自分の心が完全に冷え切るのを待たなければならなかったからかもしれない。まだ熱さが残っているままあの田舎に帰るのはみじめ過ぎた。私はやがて男からの電話を待つこともなくなり、かなりの数持っていたブランドの服や靴はリサイクルショップに出した。私が引越しの見積もりを頼んだ業者は、いちばん安いエコノミーパックで充分といったぐらいである。そして私は帰ってきたのだ。
けれども松子も私より二ケ月早く、この町に帰ってきていたのである。

私は子どもの頃から松子が大嫌いであった。彼女も私と同じぐらい、いや、それ以上に私のことを嫌っていた。その原因に名前のことがあると誰かが言ったものだ。彼女の松子という名前は、当時の田舎でも珍しいほど古めかしいものであった。松子は私の〝絵里果〟という名前に激しく嫉妬したらしい。他の友達のようにエリカちゃんとは呼ばず、エッちゃんとわざと平凡に発音した。そんな私たちがどうして一緒に遊んでいたかというと、そのあたりで同い齢の女の子は私たちだけだったからだ。

駅を左側にしばらくいくと、橋がかかっている。その下を初めて覗き込む人は多分驚くことだろう。駅や商店街のように、流れる川もぼんやりとした小さなものだろうという予想がうちくだかれるからだ。一級河川に指定されているほど川幅が広い。よく庭石として盗まれる、水流に磨かれた大きな石が両側を囲っている。堤防も長く高い。その堤防の下に、私と松子の家があった。松子の父親は近くの工場に勤める技師だったと記憶している。庭には葡萄《ぶどう》棚をつくり、雑種の犬も飼っているというまあまあの暮らし向きだ。私は道ひとつ隔てた市営住宅に住んでいた。木造の平屋で、低所得者層のために、いかにも役所がおざなりにつくったと言わんばかりの粗末な建物であった。小学校の高学年になると、私はよく〝シエイの子〟と呼ばれたものだ。社会科の時間に教師が、税金で貧しい人のために建てられるものの一例に、堤防の下の市営住宅を挙げたからだ。しばらくするとそれに〝ホゴの子〟という別名も加わることになった。父が亡くなってから、母親はかなり無理をして病院の下働きなどをしていたのであるが、過労から自分が入院することになった。何ケ月か、いや一年近く私たち一家が生活保護を受けることになったことを言うのだ。そしてこの情報を皆に流していたのは松子であった。

きちんとした職に就いていながら、松子の一家はこのあたりで変わり者として知られていた。特に母親の評判が悪かった。顔色の悪い瘦せた女で、思わずまじまじと見つめてしまうほどきつくチリチリにパーマをかけていた。私の母が、貧しいながら友だちが来ればサイダーの一本も抜くというのに、松子の母は何もしてくれたことがない。菓子どころか、やさしい言葉ひとつかけられない女であった。

それでも私は、松子の飼っている犬めあてによく彼女の家へ行ったものだ。犬は柴犬の雑種で丸い愛らしい目をしていた。あの頃はペットなどという概念もなく、一日中鎖に繫がれたまま、残飯に味噌汁というエサを与えられていた。しょっちゅう皮膚病に罹《かか》っていたあの小さな犬。松子の家では、どうして犬を飼ったりしていたのだろうか。

それはそれは暑い夏の日だった。松子がこれから川原へ遊びに行こうと提案したのだ。私はたやすく首を縦に振らなかった。先生から夏休みの注意を受けた中に、子どもたちだけで川原に近づかないようにというのがあった。このあたりは盆地になっていて、雨が降ろうものなら山からの水がなだれ込み、すぐに川の流れが激しくなる。日射病も心配だから、子どもたちだけで川に近づいてはいけないとプリントにも書いてある……。するとと松子は笑い出した。私とあんたはずうっと川の横で育ったんだよ。今さらそんなこと言うのはおかしいよ。足が濡れるのが嫌なら、ほら、そこのサンダルを履《は》いていけばいいよ。

私はその時ソックスにズック靴を履いていた。これは川原で遊ぶ時に非常に都合が悪い。裸足になって水に入るまではいいのだが、その後砂まみれになった足を清流で洗い、乾かさなければならないのだ。川底の小石が足の裏にあたるのも痛かった。川へ行く時は私たちはたいていサンダルで、じゃぶじゃぶ水につかるのだ。

「そのサンダルを履いていけばいいよ」

新しいビニールのサンダルだった。甲のところは赤と白の紐が交差していてなかなかしゃれている。私はそれを借りて、松子と川原へ出かけた。夏になると川の流れはいっきに力強くなるような気がした。梅雨明けの時よりもずっとだ。真中の流れは、音をたてて波をつくる。私はまだ一度も見たことのない海というのは、こういうものだろうかと想像した。私たちが入っていくのは、石によって遮られている小さな流れだ。ぬるま湯に近いたまり水の中に、春ならばメダカやハヤという小魚を見ることもあった。私たちは川藻を掬《すく》い、それを岩の上に干していく。カラカラに乾いてから丸めると、良質の消しゴムが出来るのだと松子は教えてくれたが、いつも完全に乾くのが待ち切れずに私たちは家に帰るのだ。

「エッちゃん」

松子が叫んだ。

「あの枝、取ってきてよ」

真中の急流の中、一本の松の木の枝が岩にひっかかっていた。とるに足らない木の枝である。危険を冒して取ってきたとしても、松子は川藻のようにすぐに忘れ去るに違いない。

「うちのユカがさ」

松子は犬の名前を口にした。

「この頃、木の枝を投げてやると拾ってきて遊ぶんだよ。あんたはいつもうちのユカにさわってるんだから、そのくらいのことはしなよ」

その頃から私は松子の命令に逆えないことが多くなっていった。私はスカートの裾をさらにたくしあげ、そろそろと真中に向かって進んでいった。大人もののサンダルは、私の足に合わず、非常に歩きづらい。一歩一歩踏みしめて歩く。水の冷たさが、私たちの遊んでいた小さな流れとはまるで違う。底の石も意地悪く尖《とが》っていると思った瞬間、私は流れに足を取られた。私はとっさに近くの岩に手をついた。水が太ももから入り、下着まですっかり濡らした。気がつくと左足の裏にしっかりとした石の感触があった。目の前を赤と白のサンダルがぷかぷかと浮いている。手を伸ばしたが届かなかった。サンダルは急にスピードを早め、水に抱かれ進んでいく。夏の光の中、それはまるで悪夢のようであった。映画の一場面を見ているようで、とても現実のこととは思えない。大人のものを勝手に借り、それを紛失してしまったということに、ようやく私は気づいたからである。

そして帰ってきた松子の母は、サンダルのことを聞くなりいきなり娘をぶった。私の目の前でだ。馬鹿やろー、新しいサンダルだったんだぞと、松子の髪をつかみ、思いきり打擲《ちょうちゃく》した。

お母さん、ごめん、許してと松子は泣き叫ぶ。それを見ていた私も体を震わせて泣いた。おばさん、許してあげて。悪かったのは私なの。ぶつなら私をぶってと泣いた。

今思い出してみると奇妙な出来ごとであった。新品といっても、たかが普段履きのサンダルである。後に私の母親が新しいものを買ってわびに行ったが、近くの下駄屋で似たようなものをいくらもしない値段で買えたという。松子の母親はどうして私の目の前で娘をあれほどまでに折檻したのだろうか。そして激しく泣き叫んだ松子。あれは私をいたぶるために、母子で仕組んだ芝居だったのだろうかとふと思うことがある。

中学に入ると少しずつ松子から離れることが出来た。家が近いだけで行動を共にしていた子ども時代がようやく終わったのだ。私は幸い成績がよく、やがてそうした女の子たちのグループに入った。松子は相変わらず〝シエイの子〟とか〝ホゴの子〟という陰口を言っていたらしいが気にしないことに決めた。私はもう松子も、松子の犬も必要としないほど高みに立ったのだと自分に言い聞かせた。

高校はそこの地区でいちばん偏差値の高いところへ進んだ。紺のあっさりした背広型の制服は、そのあたりの少女たちの憧れの的であった。野暮ったい型をしている分、いかにも頭がよさそうに見えるというのだ。

松子はセーラー服の制服である。県立に入れず、私立の女子高校へ通っているのだ。そこは程度と素行の悪さで有名で、上級生の中には売春をしている者さえいると噂されていた。

時おり通学姿の私を見かけると、松子は無視するか顔をしかめた。私は愉快で仕方がない。ようやく彼女は嫉妬をあらわにし始めたのだ。けれども私はもう遠いところにいる。私はあのサンダルを失くした日のことを忘れてやってもいいと思ったりもする。

どんな女でも美しいメスに化ける時がある。オスを摑《つか》まえるために羽の色を変える蝶のようにだ。

高校を卒業した松子は、東京の聞いたこともない短大に入った。夏休みに帰省する私と、偶然列車が一緒だったことがある。私は別人かと思ったほどだ。みっともないほど痩せていた体は女らしい曲線を持ち、流行の服を着て化粧も巧みであった。それどころか私に向かい、

「エッちゃん、久しぶりね」

と笑いかけたのである。私はその時、松子は芝居を始めたと思った。東京という舞台で、なりたかった女を演じようとしているのだ。松子は夏休みの間、愛らしいワンピースを着てあちこち歩きまわり、

「松子ちゃんはすごく綺麗になった」

と町の人々を感嘆させた。

私はといえばジーンズにTシャツという格好をし、夏休みでも農協のアルバイトに精を出していた。私は横浜にある公立大学の英文科に通い、通訳になろうと必死に勉強をしていた。男を知るのはずっと後のことだ。

全く驚いたことに松子は服装も口調もすっかり変え、まるで東京のいいところのお嬢さまのようになった。卒業後、彼女は日本橋の有名デパートに勤め、ひとりの男と知り合う。客としてやってきて彼女を見初めた男は大変な資産家の息子だというが、あまり

あてにならない。この噂は松子の母親が広めたものだし、この町の人々は本物の資産家などというものは見たこともないのだから。

しかし結婚式は確かに立派だったようだ。誰でも知っている一流ホテルで行なわれ、誰でも知っている芸能人があちら側の主賓としてスピーチしたと、出席した人々は興奮して帰ってきた。そのくせ松子の夫となる人が、どういう経歴でどういう職業に就いているのか知っている人は誰もいない。おおかたちょっとした小金を持っているうちの、どうということのない二代目なのだろうと母親に告げた時、私は松子に嫉妬していた。留学試験に落ち、この勉強のために時期を逃して就職も出来なかった頃だ。アルバイトで二年を過ごし、やっと新聞の求人欄で見つけたところは怪し気な英語教材の会社であった。

この時初めて自分も松子を恨んでいることを知ったのであるが、それは私にとって決して快いことではなかった。ずうっと昔から、私の名前や私の成績、私の笑窪《えくぼ》に松子が嫉妬している、だから私のことを憎んでいるという図式はもはや揺るぎないものになり、ごく親しい友人だけであったが時々私はそのことを口にしたものだ。

「子どもの時に近所にとても嫌な子がいたのよ。ネズミのようにみっともなく痩せていてとても頭が悪いの。ずうっとあの子には苛められてきたのよ……」

けれども松子は、私から見れば随分無理をしているとはいえ、都会の綺麗な女になり、幸せな結婚を手に入れたらしいのだ。私は結婚に憧れる種類の女ではなかったが、松子が早々とそれをしたのは気に喰わなかった。

「きっとそのうち化けの皮が剝がれる」

あの下品な女の娘、しん底意地の悪い女、それが松子だ。一緒の屋根の下に住めば、どんなぼんくらな男でもそれがわからぬはずはない。自分がどんな女と一緒になったか死ぬほど後悔するだろう。

が、その日は私が予想するよりもずっと遅く来た。結婚して十六年目に松子は夫と別れ、三人の子どもを連れて故郷に舞い戻ってきたのだ。

十年前のことだ。市営住宅が長年の居住者に限り、払い下げられることになった。価格が提示されたが、都会でバブルを謳歌していた私にとっては、どうということなく思えた。預金もあったし、銀行もたやすく貸してくれる時代だった。私はさっそくそれを買い、もはや限界に来ていた古屋を取り壊し、小さな二階家を建てた。まだ三十歳にならない私の行動に、田舎の人たちは驚き、さまざまな噂が立ったようだ。小さな家は老いた母が使いやすいように工夫をこらし、中で犬も飼うことにした。松子のところのユカと違い、東京で買った血統書付きのシーズーだ。それまで規則があり、猫も飼うことが出来なかった母は大喜びだった。私はその犬を抱き、朝の散歩に出ようとした。ゴールデンウィークの頃であった。盆地の山々が緑一色となり、私たちの町がいちばん美しい時だ。私は幸せだったかもしれない。私は若くして自分の家を持ち、こうして愛らしい犬さえ抱いているのだ。

その時向こうから一台の自転車が近づいてきた。松子だった。自転車の前に椅子をつけ子どもを乗せている。しばらく会わない間に松子の顔が変わっていた。私が望んだとおり、彼女の顔から多くのものが剝がれようとしていた。子どもがあまりにも可愛くないのも滑稽だ。下膨《しもぶく》れで小さな目をしていて、とても東京の子とは思えない。私は子どもと松子に向けて笑顔を見せた。

「久しぶりね。いつまでいるの」

ところが彼女が私に向けたのは、時候の挨拶でもなく、近況報告でもなかった。

「こんな家を建てるよりもね」

彼女の喋り方は、少女時代そのままのがさつさを取り戻していた。

「孫の顔を見せてあげるのがいちばんの親孝行なんだよ。それが出来なきゃ女は失格さ」

悪意と不器量の子どもを乗せて、自転車はそのまま走り去った。私は噴き出したくなる。ようやく松子は本性を見せたのだ。そして私たちの位置関係も元通りになった。松子が私を嫉妬し憎悪する。これが私たちの落ち着いた本来あるべき姿なのだ。私は松子の暴言によってかなり幸福な気分になった。私が本当に充ち足りていたときの思い出である。

そして歳月が流れ、私も松子もこの町に帰ってきた。三十八歳という年齢は、田舎では立派な老嬢である。ここの乾燥した空気は、すぐさま私の目尻に小皺をつくり、髪から艶を失なわせた。この町では生々しい女は許されない。女たちは、ポプリのように静かに乾いていくのが望ましいとされている。従って離婚して帰ってきた女というのも案外歓迎された。親元で寡婦と同じようにふるまうものとされているからだ。松子は東京から三人の子どもを連れてきた。上の子どもは東京の有名高校に通っていたと、例によって松子の母親は言いふらしたが、彼はピアスをし昼間からオートバイを乗りまわしている。真中の娘は中学生でこれはすんなりと地元の学校に溶け込んだらしい。意外だったのは末っ子で、この女の子はまだ五歳になったばかりだ。兄妹の歳が離れているのは、松子が夫の心を繋ぎとめようと無理をして子どもをつくったという説が専《もっぱ》らだ。それでも夫の心は別の女が奪い取ったのである。しかし別れるにあたって、松子はかなりの額の慰謝料を手にしたという。そうでなかったら、半年以上も家で親子四人がぶらぶらしていられるはずはないと近所の者たちは噂した。

一方私はといえば、事態は少しずつ好転していったと言ってもいい。私の帰郷を負い目に思うあまり、母は必死で体を動かそうとし始めた。今では何とか車椅子を使い、簡単な身のまわりのことぐらいは出来るようになっている。こんな田舎でも福祉システムは整っていて、市に申し込めば派遣ヘルパーに週に四日来てもらうことが出来た。私は考えた末、家の居間を開放して子どもに英語を教えることにした。倒産してしまったけれども、私の会社で売っていた英語教材はそう悪くはなかったと今でも思っている。セールスをしている間に、アメリカ式の語学学習法は何とはなしに身についていた。とにかく反復させること、シチュエーションをこちらから与えることが大切なのだ。

近くにも大手の塾が出来たということで、生徒が集まるかどうか心配になったが、月謝の安さがよかったのか、近所の子どもたちが思いのほか通ってくるようになった。私はクッキーやリンゴを使い、遊びながら単語や構文を憶えさせるようにした。英語の歌も幾つか教え、正確な発音にするため、舌の形をアニメで見せるビデオを使った。よほど評判がよかったのだろう、なんと松子が末の娘を教室に連れてきた。いずれ東京の学校へ帰る時のためにと、松子はここに来ても虚勢を張った。

「えーと、末のお嬢ちゃんなんという名前だったっけ」

「理沙っていうのよ」

松子は苛立たし気に言った。遠い日のことが甦る。名前をからかわれ、べそをかいている松子の姿だ。おそらく彼女は、娘に愛らしくしゃれた名前をつけることが夢だったに違いない。

幸い理沙は、親に似ることのない素直な子どもだった。頭もよかったし、五歳の子どもにはむずかしい長い構文もすぐに憶えていった。

こうした子どもたちの歌や気配を母はとても喜んだ。あそこの子どもの発音はアメリカ人とまるっきり変わらないねと、言いあてたりしたものだ。時はゆっくりと過ぎていった。私の肌はますます乾燥し、小皺はもはや取り返しのつかないほど深くなっていった。幸福とはいえないまでも、心穏やかに日々をおくることが出来るかもしれないと考えた私は、なんと浅墓《あさはか》だったのだろうか。あの男から電話がかかってきたのだ。私はそれをずっと待っていたような気がする。いや、それが欲しいために私は故郷に帰ってきたのかもしれない。

東京にいたままだったら、彼はおそらく連絡をしないままだったろう。都会に住む女は、まだ戦闘状態で身構えているところがある。けれども田舎に帰った女は、武装を解いた兵士だ。もう自分に危害を加えることはないと男は判断するらしい。だからやさしいことを言う。女を泣かせるようなことを平気で口にするのだ。

君をそんなにしたのは僕の責任だと男は言った。君が田舎に帰ったと聞いて、僕がどんな気持ちになったかわかるかい。自分がつくづく情けなかったよ。君にあんなにたくさんのものを貰いながら、何もしてあげることが出来なかった。君をそこまで追い込んだのは僕なんだ……。

私は久しぶりにしみじみといい心持ちになった。東京でこの電話を聞いたら、皮肉や冷笑のひとつも相手に投げかけただろう。けれども数ケ月の田舎暮らしで、私はすっかり心が洗われていたらしい。気がつくと私たちは睦言《むつごと》を繰り返し、会う約束までしていたのだ。

この町は東京から急行列車で二時間の近さにある。だから男の誠意を計るのに、それほど役には立たない。それなのにわざわざ来てくれた男がただ嬉しく懐かしく、誘われるままに隣り町のモーテルに入った。ベッドの上で、男は昔話をする。会社の景気がよかった頃、二人で出張と称して時々旅行をしたものだ。本当はヨーロッパへ行きたかったのだけれども、社員の手前香港にした。あれはまるで新婚旅行のように楽しかったなあと、男は私の首筋をなぞり、記憶をなぞっていく。そして声を潜めて言った。

「僕たちの子どものことも、ずうっと忘れたことはないよ。時々は仏壇に向かって手を合わせたりしている」

私は勤めていた頃、彼の子どもを堕ろしている。どうしても欲しいなら産んでも構わないと彼は言ったが、それを信じるほど私は馬鹿でもなかった。

そして家まで送るという彼の誘いを断わり、タクシーを呼んでもらった。ここは東京ではない。誰に見られるかわからないのだ。

男はまた会おうかと言い、私は曖昧に首を横に振った。尾羽うち枯らしてという言葉があるが、男にはそれがぴったりだった。体に肉がついたくせに、すっかり老けて貧相になっていた。モーテル代は私が払ったのである。世間には哀れみや同情というものが未練に変わることもあるようだが、その当事者にはなりたくないと思った。

橋の上でタクシーから降り、堤防の上を歩いていった。夕暮れ近く、空気が薄い紫に染まろうとしていた。私の家が見える。道をはさんでしばらくいったところに、木立の中、松子の家が見える。

私は何も持っていない。松子はたくさんのものを持って、この故郷に帰ってきた。その考えにとらわれ、私は息苦しさのあまり足を止める。私の過去は消費され、無になり、残ったものは今体の中にある男の精液だけだ。それも明日になると流れていくに違いない。人間の豊穣さというものがもしあるとしたら、少なくとも松子は何かを実らせたのだ。それは子どもというものだけではない。彼女は何かを携えてこの故郷に帰ってきたのは確かなのだ。

向こうから小さな影が歩いてきた。保育園の黄色い帽子を被った理沙だ。「先生」と彼女は笑いかける。松子もそうだったが、あまり歯並びはよくない。けれども人なつこい可愛い笑顔だ。

「理沙ちゃん、川原に行こうか」

こっくりと頷いた。お寺が経営している保育園の、私も松子も卒業生である。青い上っぱりはあの時のものと変わらない。木綿のごわごわとした感触……。

川原の水は冷たい。濃くなった闇のなかで一層冷たく感じる。理沙は私に寄り添って傍にいる。私が水の中に手を入れると真似て小さな手を入れる。

「もっと真中まで行ってみようか」

理沙はためらわず、石をわたってくる。私はふと水の上を流れていく赤と白のサンダルを見たような気がした。理沙をサンダルのようにしたらどうなるのだろうか……。

闇はまたたく間に濃くなっていく。私は勝手に動こうとする指を必死で宥《なだ》めている。

雪の音

この何年かというもの、癌《がん》で死ぬことが田川克己の家のならわしのようになっている。八年前に父の武が癌で死んだのを皮切りに、伯父と二人の従兄が亡くなった。仲のいい従妹の連れ合いも、昨年の秋、四十七歳という若さであの世へ旅立った。

そして今、克己の母の初子が死の床に就いている。初子が乳癌に冒されていると聞いた時、克己は大層驚いた。それはいささか不謹慎な驚きだったかもしれない。七十八歳になろうとしている母の乳房が、まさか癌の細胞を宿らせるほど豊饒さを残していたとは考えもしなかったからである。

それだけではない。手術で切除したものの、癌は母の体のあちこちに転移し、はしゃぎ声をあげた。まるで思いの外、うまい汁をたっぷりと味わったとでも叫んでいるかのようにだ。母の体は彼らに味わいつくされ、削られ、存在そのものが無くなろうとしていた。

年が年だから、いつどんなことがあってもおかしくない。出来るだけ病室に詰めていてくださいと、担当の医師から言われたのは今週のことである。こんな時、サラリーマンでないことが幸いした。五十一歳の克己は、出版社勤務を経て翻訳業をしている。二十年も続けていれば業界でも名が売れ、訳したものが何冊かベストセラーになったこともある。同い齢の勤め人と比べれば、羨しがられるような収入でもないが、時間の自由だけはきく。その自由さの証《あかし》のひとつが、こうして老母の爪を切ってやることなのだろうが、喜んでいいのか、悲しんでいいのかわからぬと克己はひとりごちた。

もうじき死んでいく母の爪は黒く変色し、小さくなっているものの驚くほど固い。爪切りを押すと、ぱちんとはじけてどこかへ飛んでしまう。おそらく母の死後、病室を片づけたならば、部屋の隅のあちこちから黒い三日月形の爪が出てくるはずであった。

その時、ドアが開いた。外界の風と一緒に、若い看護師が入ってきた。彼女はいつも遠慮の無い音と声で、老婆と中年の息子がつくる、よどんだ部屋の空気を揺り動かすのだ。

「田川さん、奥さまからお電話です」

どうもありがとうと立ち上がりながら、離婚した妻はこういう時、やはり「家内です」といってかけてくるのだなと、奇妙な感心をした。田鶴子とは二年前に正式に別れたのであるが、最近になって頻繁に連絡をとり合っている。田鶴子とのひとり娘の和美を、母の初子は溺愛《できあい》していた。この娘を、留学中のアメリカから呼び戻すかどうかということで、元夫婦は久しぶりにいがみ合った。お母さんはもう年なんだし、和美もそれなりの覚悟をしてアメリカへ行ったんですよ。勉強中のところを呼び戻したら、お母さんだってお喜びにならないんじゃないかしら、という妻の電話の声を聞きながら、ああ、いかにもこの女らしいと克己は思ったものだ。

とにかくすぐに帰ってくるように頼んでくれ。航空運賃ぐらい俺が出してやるから文句はないだろうと怒鳴って、電話を切ったのはおとといのことだ。おそらく田鶴子からの電話は、その返事に違いない。

ナースステーションの前に置かれた公衆電話をとった。

「もしもし、私です」

「ああ」

ところが、その後思いがけないことを田鶴子は口にした。

「あの、石塚苗さんっていう人を知ってるかしら。あなたの伯母さんっていうことなんですけれどもね」

石塚、石塚と頭の中で反芻する。記憶をぴんと伸ばし、一度しか会わぬような親戚の顔や苗字を思い出す。が、その中に石塚という名前はひとりもいなかった。

「何かの間違いじゃないのか。伯母さんだったら一度ぐらい会ってるはずだよ」

「何でも離婚して、村松から石塚っていう旧姓になったそうです」

村松ならわかる。母の旧姓だ。ということは、彼女は母の男兄弟の誰かといったん結婚していたということなのか。

今回わかったことであるが、人がもうじき亡くなるという時には、あちこちから親戚と名乗る人々が出没する。特別のネットワークがあるのだろうか、母の死が近いということはあっという間に伝わったようだ。今まで会ったこともない人間からも見舞いに行かせてくれ、という電話を受け取った。石塚苗という女も、そうしたひとりなのだろう。

「その石塚苗さん、今朝方亡くなられたんですって。八十二歳だったそうよ。息子さんから連絡がありました」

「えっ」

「どうしてうちに電話が来たのかわからないけれど」

田鶴子は不満気に言ったがあたり前だ。さんざん揉《も》めた末、ほとんど身ひとつで克己は家を出たのだから、電話番号はそのままになっている。親しい者にはすぐ転居通知を出したが、何十年ぶりかに連絡をとろうとした縁者が、田鶴子に電話をかけたとしても無理はない。

「それから、和美に電話したら、何かあったらすぐ駆けつけるって。お葬式には出るようにするからっていうことだったわ」

娘はもっと別の言い方をしただろうが、田鶴子が冷たく翻訳をしたに違いない。しかし妻がこれほど頑《かたく》なになっているのには理由がある。離婚は克己の女性関係が原因だった。若い時から彼は、女に不自由したことはない。結婚してからも、しじゅうまわりに誰かしらいた。会社を辞めたのも、部下の女性を妊娠させたのがきっかけである。いくらそちら方面には寛大なマスコミの職場でも、相手の女が騒ぎ出しては問題にしないわけにはいかない。結局、ひとりでも育てると泣きわめいた女は、子どもを堕ろした末に田舎へ帰り、克己は辞表を出すことになった。この際、田鶴子が半年ほど実家に帰るという騒ぎになったのだが、まだ若かった克己は土下座して謝り、双方の親たちも説得に努めた。

「今度だけは和美のために我慢するわ。でも憶えといて頂戴。もう一度したら、その時は本当にお別れよ」

が、この時克己は、妻がこの言葉を二十年後にきちんと実行することも、自分が同じような失敗を繰り返す、ということも予想していなかった。

結局、今度の女とも別れて、克己は今ひとりである。後悔していないと言ったら嘘になるが、所詮自分はこうなる運命だったのだろうという諦念がこの頃湧いてくる。母が、いやすべての人間が死から逃れられないように、人間ひとりひとり絶対に避けられない不幸というものがある。それを知ることが老いていくということなのではなかろうか。

そして今朝もう一人、一族の中から黄泉《よみ》の国へ旅立った者がいる。母とどの程度の仲かわからぬが、やはり耳に入れておいた方がいいだろうと克己は判断した。なぜならば先週のこと、母はふとこんな言葉を漏らしたからである。

「もう私ぐらい生きると、まわりで死んだ人が出ても、ちっとも淋しくないよ。嬉しいぐらいだよ。もうこっちにいる人よりも、あっちにいる人の方がずっと多くなった。みんなが待っていてくれてると思うと嬉しいよね。人間の心って、うまく出来ているものだねえ……」

そんなことを言わないで長生きしてくれと、ありきたりの励ましを言ったのだが、この八十二歳の老婆の死は、告げたとしてもどうということはないだろう。それよりも単純な好奇心があった。伯母ということだけでなく、自分にはまだ会ったことのない従兄弟もいるらしい。母が死んだ時に、彼にも連絡をするべきだろうか。やはりどの程度の知り合いか聞いておく必要もあった。

「田鶴子さんからなの」

病室のドアを開けるなり母は言った。癌の細胞は脳までは冒しておらず、それどころか母の意識はこのところ冴えわたっているのである。

「ああ、ちょっとね。ねえ、母さん、石塚苗さんっていう人を知ってるかい。その人が急に亡くなったっていうんだけど……」

途中まで言いかけて克己は息を呑んだ。母の顔が一変したからである。驚きで目が大きく開かれた。痩せてほとんど肉が落ちた顔が驚愕のために動くと、皮膚の下の骸骨が現れるかのようだ。その後、不自然に白い入れ歯を見せ、声を立てて笑った。確かに人間はイヒヒと笑うのだと、背筋が寒くなるような思いで克己は聞いた。それにしても母がこれほど下品な笑い声をたてるとは想像もしなかった。

「ねえ、母さん、伯母さんってどういう人だったんだ。どうしてそんなおかしな笑い方をするんだよ」

一瞬狂ってしまったのかと思うほど、母は笑い続け、そしてぜえぜえと息を整えた。目に粘っこい涙がたまっていたので、克己はガーゼで拭いてやる。

「不思議なもんだねえ。私がもうじき死ぬっていう時に、あの人が死んだんだねえ……。きっとどこかで私のことを見張ってたんじゃないかって思うよ。そうでなきゃ、こんなにうまい時に死ぬわけがないもの……」

この話、してもいいかい、と母は不意に尋ねた。もちろんと克己は頷く。

「このまま黙って死んでいくつもりだったけれど、私はやっぱりそんなに強くなかったっていうことなんだろうねえ。やっぱり誰かに話してみたいんだろうねえ……」

よく言われたことだろうけれど、お前はお父さんにそっくりだ。そう男前でもないけれど、風情がいいと言うのだろうか、何人か男たちがいてもいちばん目立つ。部屋に入ってくると、ちょっと気のきいたことを言って自分が中心になろうとするところまでそっくりだ。

私がお父さんと結婚したのは昭和十八年で、そろそろ戦争のにおいが大層きつくなってきた頃だ。それでもそこらの食堂で特別に頼めばものは食べられたし、珈琲だって飲めたよ。

私はお前の知っているとおり、東北の高等女学校を出てしばらくしてから、二番目の兄さんを頼って東京へ出てきた。あのままだと、親の勧める結婚をさせられそうだったからだ。これからは洋服の時代だとハイカラ好きの兄さんに言われ、神田にあった洋裁学校に通った。そんな時に、ミシンのセールスをしていた父さんに出会ったんだ。当時としちゃ、新しい、格好のいい仕事だったねえ。

あの頃、きちんとしていた男、きちんと見せたい男は、みんな帽子を被り、夏も白い背広を着ていた。学校の友だち何人かと一緒に銀座へ遊びに行ったことがあったけれど、白いぱりっとした背広を着た父さんは、気がきいていて優しくて、私たちは皆、父さんに夢中になったものさ。

だから父さんが私を好いてくれて、結婚して欲しいと言ってくれた時はどんなに嬉しかったろう、私たちはあの頃珍しかった恋愛結婚だったんだよ。

だけど何ていうことだろうねえ。結婚した一年後に召集令状が来たんだよ。父さんはよく言っていた。自分は肋膜《ろくまく》を患ったことがあるから、決して赤紙は来ないって。けれどもそんなことはなかった。父さんが入隊するという朝、泣いて泣いて、私の顔は腫《は》れてむくんでいたものだよ。

そして戦争が激しくなり、私は空襲を逃れて故郷へ帰ることにした。私の父親という人はとうに死んで、母親と兄嫁が家を守っていた。うちの長男、秀男兄さんは小学校の教師をしていたが、もう二年も前に出征して家にはいなかった。その嫁が、さっき死んだという苗さんなの……。まあ、ゆっくりと話をお聞き。今日はとても気分がいいんだよ。話をしてもちっとも疲れない。まるで神さまが、何もかも話して、すっきりしてこちらにおいでと言っているみたいだ。

私の実家は小地主で、たいした家作や土地を持っていたわけではない。けれども昔から学問を尊ぶ風があった。それは私の母親が士族の出だったからだろう。食べるにもこと欠く下級武士の出だったけれども、大層誇り高く、教育や躾に厳しかった。長男は師範学校を出し、東京へ出た次の兄さんは地元の旧制中学だ。私も妹も女学校へ行っている。そんな母親だったから、高等小学校しか出ていない父さんのことをとても嫌った。調子がよくて品の無い男と言って、結婚にも大反対したのだ。披露宴にも出てくれなかった母親を頼って、故郷へ帰るというのは気が進まなかったが仕方ない。わずかの間に東京は食べるものも無くなって、いつB29にやられるか、ということになってしまった。

苗さんは厄介者の私にもよくしてくれた。あの頃、東京からの疎開者と田舎の身内の者とが、食べものをめぐって醜い揉めごとをしょっちゅう起こしていたものだ。けれども三歳の育ち盛りの男の子がいて、何かと大変だったろうに、苗さんは私にいろいろな心配りをしてくれたものだ。

冷たかったのは、むしろ私の母親だったかもしれない。風呂に入る時はいちばん最後にしろと命じ、たまに貰いものの菓子や果物があってもみんな苗さんの子どもにやってしまう。おそらく苗さんに気がねしてのことだろうけれども、私は母親を恨んだものだ。後でもっともっと恨むことになるのだけれどもね……。

そして戦争が終わった。終戦と同時に、兄さんが死んだという知らせが届いた。何でも沖縄の方に行かされていたというのだ。もう少し早く戦争が終わっていればと、義姉さんも母親も口惜しがって泣いた。私も泣きながら、私の夫もきっと駄目だろうと考えた。

ところがどうだろう、終戦から三ケ月めに夫は帰ってきたのだ。

あの時の複雑な気持ちは今も忘れない。二人の女がひとつの家の中にいて、片方の夫は死に、もう片方の夫は無事に帰ってきたのだ。私は喜びのあまり飛び上がりそうになった。夫に腕をからめ甘えたかった。けれども喪中の家でそんなことは出来るはずはない。私は喜びを嚙み殺し、戦死した当主の妹の役目を果たさなくてはならなかった。

そして田舎の古い家で奇妙な同居が始まった。私は早く東京へ帰りたかったのだが、父さんの会社も私たちの住んでいたアパートも、空襲で跡かたもなく消えてしまったという。それよりも大きなことは、父さんの病気が戦争の苦労でぶり返していたことだ。あの頃、肺の病いは「死病」と呼ばれて、唯一助かる道は、空気のよいところに住み、栄養のあるものを取り養生することだった。こんな私たちが東京に帰れるわけがない。

私は必死だった。戦地からやっと帰ってきた夫なのだ。私の命に賭けて死なせるわけにはいかないと思った。娘時代の私は鍬《くわ》を握ったこともなかったけれど、毎日畑に出て野菜を植えた。父さんのために山羊を飼って乳を搾《しぼ》ったのもあの頃だ。

一方、父さんはといえば一日中家の中にいて、戦死した秀男兄さんの遺した本をめくったり、マンドリンを爪弾《つまび》いたりしていた。ちゃんと習ったことはなかったのに、もともと器用な人だったので、すぐに歌謡曲ぐらいは弾けるようになった。すると母は、両の手で耳を塞いでこう言うのだ。

「あいん、今日も穀《ごく》つぶしが遊んでいるおん……」

そうは言っても、実の母娘だからどこか甘えていたのだろうと考えるのは、平和な時代の人だからだ。お菜の最後のひと切れを、いったい誰が食べるだろうかと、箸を取る前から思いめぐらすような暮らしを毎日してごらん。誰が賢いか、誰がこの家にとっていちばん大切かということで、家の中の序列は決まってしまう。親子の情など二の次になる。

あの家でいちばん賢く、いちばん家のために役立っていたのは、何といっても苗さんだったろう。苗さんは貧しい家の出ではないのだが、骨身を惜しまず野良仕事に励んだ。昔の嫁はみなそうだったのだが、あの人も朝、日の出と共に起き、田んぼに出た。その後は食事の仕度、洗濯と続き、子どもを育て、ニワトリに餌をやった。家中の繕《つくろ》いものや、布団の打ち直しも苗さんの仕事だった。昔からの通いの女中がいるにはいたが、年をとってほとんど役に立たない。そのうちに農地改革というものが始まり、うちのそう広くもない農地はおおかた取られてしまった。この時、あの気丈な母が、

「村松の家もこれでお終《しま》いだ」

と、大声で泣いたものだ。今思うと、母の心はあの時、少しタガがはずれ始めていたのかもしれない。私はといえば、母や兄嫁に遠慮しながらも、どことなく不貞腐れながら毎日を過ごしていた。もともと故郷の町は、私の好きなところではなかった。冬は雪がたくさん降る。天が悪意を持っているとしか思えないほどたくさん降る。私が雪が大嫌いなのはお前も知っているだろう。だから私は、今が春なのがとても嬉しい。もうじき終わる命だ。まさか今年の冬にかかることはあるまい。私の嫌いな雪の中で、死ぬの

だけはご免だからね……。

いや、まだ大丈夫だよ。今日は本当に気分がいい。さっき看護婦さんがドアを開けたとたん、気分が晴れ晴れとしてきたんだ。

そう、苗さんの話だったね。苗さんはあの家の中でひとり頑張った。家のほとんどの農地をお国に奪《と》られてからは、ニワトリを飼って卵を売り始めたんだ。あの頃、田舎で現金収入がどれほど有難かったか、お前など想像も出来ないだろう。私の母などはあからさまに、

「苗のおかげで、私らはどうやら生きていぐごどが出来るんだおや」

とよく言っていたものだ。母がいちばん怖れていたことは、兄嫁が自分を捨てて家を出ていくことだったろう。あんな田舎にも、アプレゲールと呼ばれる人たちは出現して、敗戦を機に旧い生き方を問い糾《ただ》す青年の集い、などというものが開かれた。家を出て、新しい人生を踏み出そうとした戦争未亡人もいた。兄が戦死したならば、その弟が兄嫁と結婚する、という話は別段珍しくなかったが、あれは嫁を家に縛りつけておくための手段だったのだよ。従順でよく働き、自分たちの老後を看取ってくれる嫁を誰も失いたくはなかったのだ。

母は時々冗談めかして兄嫁に言ったものだ。

「あんたはまさが、私を置いでどごがさ行ったりしねえべな」

苗さんはうっすらと笑って答える。

「実家の弟も嫁こばもらって、私の家はこごだけだたいに。修一もこごで大っきくしてもらいます」

修一っていうのが、きっと電話をかけてきた息子だろう。やたら頭の大きな、おとなしい男の子だったけれど、もういいおじさんになったに違いない。

苗さんは、この跡取り息子もきちんと育てる、本当によく出来た嫁だった。おとなしくよく働く嫁ばかりだったあの時代に、あの村で「村松の嫁」と言えば、働き者の姑孝行で知られていたのだからたいしたものだったのだろう。母が放したがらないわけだ。

が、私はこの苗さんを心のどこかで軽く見ていたところがある。いつか東京へ帰りたいと目を光らせている私と違い、未来に何の希望も無いように見えた。まだ二十代の若さなのに、こんな淋しい村で、気むずかしい姑を相手に暮らして、いったい何が楽しいのだろうと、私は苗さんの横顔を見つめたものだ。苗さんは美人でも醜女《しこめ》でもなかった。あの頃の女がたいていそうだったように、自分の感情を押し殺した、静かな平面的な顔とでも言えばいいのだろうか、ひとえ瞼の重たい目から、私は何もうかがい知ることは出来なかった。

ある夜のことだった。久しぶりに家で湯を沸かした。

「義姉さん、加減はどう」

窓から声をかけようとしてはっとした。簀《す》の子《こ》の上に座っている苗さんが、自分の乳を撫でているのを見たからだ。しゃぼんなどあの頃は手に入らなかったから、みんな米糠を使っていた。それを手に包み込んで、苗さんは男の人の手の代わりに、自分の手を使っていたんだ。

畑仕事でどこもかしこも陽灼けしていたのに、苗さんのお乳のあたりは真白で、私は目をそらした。そりゃあ、あたり前だ。見てはいけないものを見てしまったのだから。

こんなこともあった。父さんが私を可愛がってくれる夜、一階の苗さんの部屋からうなり声が起こった。まるで獣がうなっているような声で、最初聞いた時はそりゃあびっくりしたものだ。苗さんに聞いたら、

「昼間の疲れで、夜、足のこむらがつることがあってすなあ、自分でも知らないうぢにうなってるのがもしれねす。したども申しわげねえごとをしたんすな。これからは気をつけるんす」

けれどもあのうなり声はやまなかった。それも父さんが、私を可愛がってくれる夜に限って起きるのだ。不思議がる私に、父さんはとても下品な冗談を言ったけれども、今となっては憶えていない。思い出したくもない。

そして信じられないことが起こった。ある日、母にあらたまって呼ばれた。どんな話かと思っていたら、母は、

「苗が可哀想だ」

という話をいつまでもする。あの若さで、未亡人になってどんなにつらかろうと言うのだ。同じ話をくどくどと聞くうち、私はあることに気づいた。まさか、と思ったけれども、やはり話の行く先はそこにいきあたるのだ。それは苗さんに、父さんを貸してやってくれということだった。

まさか、と思うだろ。そう、私だって笑った。よりによってお堅い明治の女である母が、そんなことを言うとは頭がおかしくなったとしか思えなかった。

「男を失くした女の体のつらさっずのは、あんたさばわがんねんだ」

と言うに及んで、私はぞぞっと寒気さえした。わかるだろう、私の母親は自分の経験を言っているのだ。若後家になった自分が、どれほどつらかったかを訴えているのだよ。心ではなく、体がつらいということをだ。

「そんなこと、世間が承知しないよ」

私は母親のいちばん痛いところを突いてやった。何よりも世間体を気にする人間が、そんなことを本気で考えているとは思えなかったからだ。

「世間なんか黙ってればいいこどだ。みなが口さぬぐえば、それでいいこどだ。それで村松の家が守れるなら、あんたは我慢しねばなんねんだ」

母は言った。私たち二人の口を養うために、苗さんがどれほど苦労しているかをだ。

苗さんの恩に報いるために、夫を貸してやるぐらいどうということはないだろうと、母は私を追いつめるのだ。

「そんなこと言ったって、うちの人が怒るにきまってる」

が、次に母は驚くべきことを口にしたのだ。

「武に聞いだっけ、あんたさえ承知なら構わねえって言ったんだよ。あの病気は養生さえちゃんとまもってれば、あっちの方は強ぐなるらしいなあ。武も暇をもで余してるんだがら、苗とあんたのめんどうくらいみられるべしゃ」

私はどうしてあの時、母親をぶってそのまま家を出なかったんだろう。今でもわからない。ただあの時思ったことは、この家を追い出されたら、私らは生きていけないっていうそれだけだった。

そんなに嫌な顔をしないでおくれ。饑《かつ》えるということを知らない人は、よくそんな目をする。だけど人間は切羽詰まればどんなことだってする。私はね、疎開で住みついてそのまま未亡人になった軍人の奥さんが、子ども二人を食べさせるために、毎晩村の男を誘っていたのを知っているよ。人間というのはそんなものなんだよ。

だけどあの日から地獄は始まったよ。三日か四日に一度、父さんは私たちの寝間からこっそりと出ていく。あの年もよく雪が降ったよ。雪はとても嫌な音をたてる。雪そのものは音を吸ってとても静かだけれど、屋根の上に積もると、家全体がきしきしと音をたてるんだ。

ああ、もう初雪だ、今年は雪が早いべなと思って目を覚ますとそれは違う。父さんがみしみしと廊下を歩いて、階段を降り、苗さんの部屋にしのんでいく音なんだ。そして苗さんの小さな声が聞こえてくる。私や母に遠慮しているから小さな細い声だよ。でも私には聞こえる。家中がもっと音をたてる。雪がたくさんたくさん降る夜みたいだよ。

そして今度は私がうなり声をたてる番だよ。苗さんの話は本当だった。体が火照って、つらくてつらくてどうしようもない。あそこに力を込めてやり過ごそうとすると、足のふくらはぎがこむら返りをおこすんだよ……。

本当にあの年は雪がよく降った。そして私はうなり、家はきしきしと音をたてたんだ。そして苗さんはね、次の年に子どもを産んだよ。昭和二十二年だよ。大雪の次の年だったから私は憶えているよ……。

「ちょっと待ってくれよ」

克己は叫んだ。

「昭和二十二年といえば、俺が生まれた年じゃないか。苗さんの子どもは一人きりのはずだろ。夫は戦争で死んだんだろ。それ、まさか……」

「だから言ったろ、お前は父さんにそっくりだ」

初子は顔を横にする。頰のあたりにわずかに残った、茶色のひからびた皮膚を枕に押しつけたかと思うと、すうすうと寝息をたて始めた。

「病気だから、そんな出鱈目《でたらめ》な話をするんだろ。わかった、母さんは頭がおかしくなっているんだ。だいいち、今は春じゃないよ。今は一月の末だ。ほら、空からは雪が降ってる。今日は大雪になるんだ。母さん、目を覚ませよ。母さん、母さん……」

秘密

陽子の運転する四駆の音はすぐにわかる。バックがあまりうまくない彼女は、そろそろとためらいながら庭の中に入ってくるからである。

台所で洗い物をしていた貴子はすぐに手を止めて、玄関へと急いだ。妹を歓迎するというよりも、姑の絹枝に先に行ってもらいたくなかったからである。

「おはよう――、お姉ちゃん、いる」

陽子の方も無邪気に大声をあげた後、姑が出てくる可能性に気づいてか、

「高橋ですけど、おはようございます」

とやや丁寧に言い添えた。

早いねと、のれんをかき分けて顔を出した貴子に、陽子は風呂敷包みを高くあげて見せた。

「これ、お赤飯。昨日みちるの入学式だったから」

みちるというのは、今年小学校へ入学する陽子の家の長女である。こちらの風習に従い、赤飯を炊いて配りにきたのである。

「あれー、昨日だったけ。どう、みちるちゃん、ちゃんと入学式出来たけ」

「そうでもないよ。あの子は父親に似て恥ずかしがり屋だから、名前呼ばれても、ハイもちゃんと言えんよ。だけどまあ、仕方ないさ。あの子は早生まれだからぼちぼちやるさ」

「そうさね、うちの訓男《のりお》だって、最初の頃はどうなることかと思ったよ。あの子も三月生まれだから、四月生まれの子とはまるまる一年違うからね。だけどまあ、二、三ケ月もすりゃ何とかなるよ」

「うちの子は訓男ちゃんなんかに比べると、ずっと愚図《ぐず》だからね。まあ、あんまり期待もしんけんどもさア」

姉妹らしい会話を交している最中、絹枝が居間のドアから顔を出した。

「あれー、陽子ちゃん、久しぶりだねー」

「あ、おばさん、おはようございます」

「貴子、陽子さんに上がってもらえばいいじゃん」

「いいえ、入学祝いの赤飯を届けに来てくれただけですから……」

上がってもらえが姑の口癖であるが、よほど親しい近所の人でもない限り、他人を歓迎しないのを貴子は知っている。だから絹枝がいる時は妹が来てもたいてい玄関で立ち話で済ませるのだ。

「あれ、入学式っていったい誰の」

「みちるです、長女の……」

「あれー、そんなに大きくなったけ」

姑はわざとらしいほど、大きく目を見張った。

「このあいだまで、ほんの赤ん坊だったじゃん」

「そうなんです。今年入学式で、親の方もびっくりしてるんですよ」

「旦那さんは元気かね」

「ええ、何とかやってます」

「おらんえの直樹も、忙しい忙しいばっかで、休みもうちにいたためしがない。ゴルフだと。百姓がゴルフやっちゃ世の中おしめえだなと、言ってやったら嫌な顔をしてたよ」

「おばさん、今どきそんなことを言っちゃ古いですよ。うちみたいな安月給の男でさえ、コンペだ、何だの言ってる世の中ですからね。ここらへんじゃゴルフが安く出来るんだもの、男の人たちはそりゃあ楽しみにしますよ」

妹のこういう如才ないなめらかさを、貴子はほう、という思いでいつも見つめる。幼い時から、体のあちこちにトゲをたくさん蓄えていた妹が、いつのまにか中年に近づき、ふつうの主婦になりおおせたという驚きである。

「陽子ちゃんは若いねえ……」

後ろ姿を見送りながら絹枝が言った。本人にも聞こえる声の大きさであるが、この場合は誉め言葉だからいいだろう。

「私と四つ違うから、今年で三十五歳ですよ」

「へえー、もうそんなになるのかね」

「あの子は結婚が遅かったから、結構いっているんですよ」

「でも本当に若いねえ。いつ見ても綺麗にしているねえ……」

姑の言葉にはほんの少しであるが毒が含まれている。子どもがいる三十代半ばの女にしては、外見が派手過ぎると暗に言っているのだ。

今年になってから陽子は髪をさらに派手な色に染めた。茶髪というよりも金色に近い。それに化粧をきちんとしているからかなり目立つ。もともとこのあたりの女は、他の地方に住む女に比べ、服装がかなり大胆だと言われている。中途半端に東京に近いことが独得のコンプレックスを生み、荒っぽい風土が女たちの服装を派手にしているのだと指摘する者もいる。髪を茶色に染め、化粧が濃い女が多いのだ。

けれども陽子がそうした中でも特に目立つのは、プロポーションのよさゆえだろう。

百七十二センチある。高校時代はバスケットボール部に所属していて、すらりとした脚と高い位置にある尻は、二人の子どもの母になっても変わらない。ひと重瞼《えまぶた》のどちらかというと平凡な顔立ちをしているが、

「お姉ちゃん、惜しかったよ。今の時代だったらメイクでどうにもできて、私はスーパーモデルになれたかもしれないのに」

と言って貴子を笑わせたことがある。

少女時代から自分のスタイルのよさは充分わかっていて、陽子はおしゃれに熱を入れた。二人の育った家は平凡な果樹農家であるが、多くはない小遣いをうまくやりくりして、安い流行のものをうまく着こなすのは陽子の方であった。無頓着な貴子とはまるで違う。

陽子は高校を卒業した後、東京の服飾専門学校へ進み、その後小さなファッションメーカーやブティックに勤めていた。デザイナーになる夢はすぐに破れたらしいが、それでも洋服にかかわる仕事をしたいというのが陽子の夢だったのだ。そんな妹が八年前、あっさりと帰郷した時貴子は驚いた。近所の男と平凡な結婚をした自分と違い、陽子は都会に住む女だと考えていたからである。

老いた親のことが心配だったから、東京での生活は大変だからと、陽子はさまざまな理由を口にしたけれども、どうやら男が原因だろうと貴子は思っている。いろんな恋が

あったらしいが、中のひとりに妻子ある男がいたらしい。はっきり口にしたわけではないが、男に見切りをつけるのと同時に、東京での生活にもピリオドを打ったということらしい。

陽子は帰郷した年、高校の同窓会に出る。その時陽子にひと目惚れした男がいた。いや、高校時代から知っているのだから思いを深くしたということだろうか。その男高橋は、東京の三流大学を出た後、地元の車の販売会社に勤めている。実家は陽子たちと同じ果樹農家だ。

どちらも東京から帰ってきた、同級生のカップルというのはこのあたりではよく聞く話である。とにかく高橋は押しの一手で陽子に迫り、あっという間に披露宴ということになった。自分も農家のくせに、貴子と陽子の親は、農家に嫁がせることに難色を示したものだ。特に東京で気ままな生活をしていた陽子のことを心配した。けれども今のところ、何とかうまくいっているらしい。たて続けに子どもが二人生まれ、小学校に入学したからといって、赤飯を配るような女に陽子はなっていた。

貴子はそういう妹を見るたびに、奇妙な思いにとらわれるのである。人と同じ格好をするのは嫌だと言って、ジーンズに徹夜で刺繡をしていた陽子の姿をよく憶えている。親に怒られても、化粧をやめなかった。妹はいつまでも若くて綺麗だ、とまわりはいうけれども、会うたびに野暮ったい穏やかさを身につけている。たぶん妹は幸福なのだろうけれども、こうして田舎で少しずつ中年に近づいていく妹を見ていくのは、何か取り返しのつかないことが起こっているような気がするのである。

駅の近くにリサイクルショップが出来た。東京から来た夫婦が始めたものである。こんな田舎でリサイクルもないだろうと言われたものであるが、結構流行《はや》っているらしい。貴子は中を覗いたこともないが、陽子はしょっちゅう行って、あれこれ眺めるのを楽しみにしていたという。

「いっそのこと、ここで働いてみたいと思って、オーナーの奥さんに話しかけたんだ。そうしたら私の東京での仕事聞いて、よかったら手伝ってくれないかって」

「だって陽子、お姑さん、大丈夫なの」

農家の場合、夫が何と言うかではなく、姑が何と言うかの方が重要なのである。

「みちるも学校入ったし、大樹《だいき》の保育園は延長すればいいんだし、昼間の五時間ぐらいどうってことないよ」

夫の高橋も、賛成とまではいかないまでも、そう抵抗を示さなかったという。

貴子は高橋の陽に灼けた猿顔を思い出した。二重の大きな目と、笑うと耳まで届きそうな大きな口というのは、若い時はそれなりに愛敬があるものであるが、三十代も半ばになると中身の薄さがむき出しになってくる。プロ野球の話と近所の友人の噂しかしないというのは、貴子の夫も同じようなものである。けれども貴子の夫よりも、高橋の方がはったりを口にする分、たちが悪いかもしれない。車のディーラーという職業がそうさせるのか、とにかく口がうまく、人をよく笑わせるが、その後は何も残らない。そんな男である。

貴子は地元の短大を出て、しばらく保育士をしていた。この町では花嫁候補としていちばん好まれるコースであるから、すぐいろいろなところから声がかかった。見合いのような、恋愛のような形で結婚した夫が初めての男である。貴子の年でもそれはかなり珍しいことであった。そんな世間知らずの貴子でも、妹の夫がたいした男でないことはすぐにわかる。自分ならあんな男のために夕飯をつくり、一緒に食べることなどご免だと思う。けれども東京という広い世界を知っているはずの陽子が、そんな生活をもう七年も続けているのである。

その陽子であるが、八年めにしてどうやら自分の生活を変えようと考えたらしい。たとえ五時間のパートであっても、外に出ようとしたのは妹にとって大きな変化だと貴子は考える。

陽子が勤め始めてから、今まで通り過ぎるばかりだったリサイクルショップの中に入るようになった。奥の方に陽子はいて、貴子を見かけると嬉し気に手を振った。驚いたことに、いつも一人か二人客がいる。田舎のことでブランド品などあまりないが、子ども服や封を切っていない土産物の化粧品がよく売れるのだという。

「大きな声じゃ言えないけどさあ」

人がいない時、陽子は客の噂話をする。

「佐々木病院の奥さんって、ごそっと持ち込むよ。ディオールやシャネルの香水、口紅なんかすごいよ。やっぱりお医者さんっていただき物がすごいよねえ」

店に出るようになってから、陽子は髪を少し短かくした。金色に近い色はそのままだが短かい方がよく似合っている。ジーンズに短かめのTシャツといういでたちは、このあたりの農家の嫁と誰が思うだろう。

「私が勤めてから、女子高生がよく来るようになったんだよ。そのうちにカリスマ店員だなんて言われるようになったりして」

陽子は声をあげて笑った。

とはいうものの、東京のブティックに勤めていた陽子のセンスというのはなかなかのものらしい。一ケ月後、貴子が店へ行くと、あたりの様子が変わっていた。ハンガーラックの位置を変え、今までクリーニング屋のビニール袋に入ったままにしていた洋服を、陽子はひとつひとつハンガーにかけて見やすくしたのだ。

「お姉ちゃんのために、とっといたものがあるの」

奥の方からブランド品のジャケットを出してきた。

「これ、絶対に買いなよ。これほとんど着てないよ。三千八百円なんて嘘みたいな値段だよ」

仕立てと生地が抜群にいい紺色のジャケットは、息子の学校行事の時などに活躍しそうである。

「でも、やっぱりやめとくわ。佐々木病院の奥さんとすれ違った時なんかに、『あ、私のジャケットじゃない』なんて言われたら困るもん」

「お姉ちゃんらしい言い方だよねえ。本当に昔から先の先のことまで考えるもんねえ……」

じゃ、私が買っちゃおうかなと陽子は言った。

「これってうちで仕入れたもんじゃないよ。だから元の持主に会うなんてことないよ。東京のものなのに、お姉ちゃん惜しかったね」

地元だけでは限界がある。だから東京のしかるべきところへ行って仕入れてくるのだそうだ。

「今度さ、私が東京へ買付けに行くようになるかもしれない。あのさ、ここの奥さん、子どもがまだちっちゃいもんだから、私にいろんなことを頼むようになってきたんだ」

「あれ、じゃここの旦那さんは何をしてるでえ」

「放浪っていうやつじゃないの」

オーナー夫婦はヒッピー世代よりもずっと若いはずなのであるが、このあいだまで世界のいろいろなところを旅していた。子どもが出来てから、この街に落ち着いたというものの、それでも夫の方はよく南米やアフリカへ出かける。とにかく変わり者の夫婦なのだ、などということを陽子は早口で喋った。

「そんなわけで、何だか頼られちゃってさあ。奥さんもこの頃は、昼間はずっと私に店番させて自分は来ないのよ。それで売り上げは伸びてるんだから困ったもんだよね」

まんざらでもなさそうだ。

「そうだよ。陽子は昔っから洋服のことになると意気込みが違ったもん。この仕事、陽子に向いてるのかもしれないね」

「ふふ、お姉ちゃんもいらないもんがあったら持ってきなよ。他の人よりも高く買ってあげるよ」

「何言ってんの。私が通販専門なの、知ってるくせに」

「そうだけどさ、使わない貰いもんがあったら持ってきなよ。あっちのコーナーじゃさ、引き出物でもて余してる茶碗やタオル、うんと安く売るようにしたらさ、結構人気があるんだよ」

その時電話が鳴り、陽子は立ち上がる。チノパンツの尻が貴子の目の前に来た。丸くいい形の尻である。最近体の線が目立つものを陽子は好むようになってきていることに貴子は気づいた。

狭い町なのでいろいろな噂はすぐに耳に入ってくる。身内のものならばなおさらだ。陽子がこの頃、スナックやカラオケボックスによく行くことを貴子は夫から聞いた。

「子どもがまだ小さいっていうのに、よく夜遊びが出来るもんだって、みんな言ってるぞ」

その〝みんな〟というのは、いったい何人ぐらいだろうかと貴子は思う。たとえ一人が口にしたことだろうと、この町ではみんなということになってしまうのである。

「いいじゃん、カラオケぐらい。陽子はまだ若いしさ、どこの奥さんだって、カラオケやお酒、行ってるよ」

「だけど陽子ちゃんは目立つからな。小さい子どもがいて出歩いていれば、亭主や姑がいろいろ言われるんだよ」

「いったいどんなことを言われるのさ」

「亭主とうまくいってねえんじゃねえかとか、姑さんと仲が悪いんじゃねえかとかさ」

「馬鹿馬鹿しい。あそこのお姑さんはやさしい人だから、きっと陽子に行ってこうし、行ってこうし、と言ってると思うよ」

これは明らかに皮肉というものであった。ひとり息子の訓男が中学生になっても、貴子はほとんど、夜、外に出かけたことがない。リウマチに長年悩まされている姑は、貴子が外に出かけることをひどく嫌がる。結婚前に勤めていた保育園から、他の保育士が産休をとる間だけ来てくれという話があった時も、姑の強い反対でかなわなかったのだ。

貴子の言葉に夫はすぐに不機嫌になり、矛先《ほこさき》が陽子の夫の方に向けられた。

「あそこの亭主もよく飲むなあ。この頃はフィリピンパブに入りびたっているっちゅう話だしなあ。このあいだ『きのこ』で会った時もへべれけに酔ってたしな。夫婦揃ってあんなこんじゃ、子どもの教育にも悪いらなあ……」

余計なことだ。そんな批判が出来るほど自分はいい父親なのかと貴子は思った。夫と姑とでひとり息子を争うようにして可愛がる。おかげで訓男はわがままな内弁慶になった。成績もあまりよくない。近くの塾に通わせているのであるが、風邪をひいた、頭が痛いなどと言っては休んでばかりいる。いずれは軌道修正をしなくてはいけないと思いながら、そのきっかけがつかめないのが現状だ。

そんなありさまで、どうして他人の家を気にかけたりするのだろうかと貴子は腹が立つ。このことは自分ひとりの胸にしまっておこうと思ったのであるが、陽子から電話がかかってきたついでについ喋ってしまった。

「本当にイヤになるよね」

陽子は長いため息をつく。

「スナックとカラオケに行ったのなんて、三回か四回ぐらいのこんだよ。みちるの同級生のお母さんに誘われて行ったんだよ。十一時には帰ったしさ。いったい誰が見てるずらねえ。全く人のことはほっといてもらいたいよね」

とはいうものの、働き始めて自分の自由になる心のはずみは、電話の向こうからも伝わってくる。

「あのさ、みちるの同級生のお母さんが化粧品のセールスやっててさ。ちょっと買うとサービスにエステやってくれるわけ。私さあ、エステなんかしたの何年かぶりだけど、気持ちよかったよねえ。次の日は、肌がピンとしたのがわかったよ。お姉ちゃんも今度やってもらえし。やっぱり三十過ぎたらエステはやってもらわんとね」

「そんなヒマはないよ。それにさ、私の場合はもう手遅れだからこのままでいいよ」

「ダメ、ダメ。女に手遅れ、なんていう言葉はないんだよ」

「誰が言ってるだよ」

「このあいだテレビで、何とかっていう評論家の女の人が言ってたよ。その人は五十いくつだけど、週に一回エステして、毎日ストレッチしてるんだって」

「あのさ、テレビに出てるような人は、お金がいっぱいあるだから、そんな人の真似なんか出来るわけないじゃん」

そりゃあそうだけどさと、陽子は一瞬口ごもり、そしてこう告げた。

「私、来週東京へ行くんだよ。出張っていうことかねえ。原宿の問屋みたいなとこ行って、いろいろ仕入れてくるわけ」

「すごいじゃん」

貴子は叫んだ。

「本当にあの店、あんたのこと頼ってんだねえ。頑張るだよ。陽子は昔っから、ここらの子と違ってたもん。同じようにジーパンはいてても、あんただけは違ってた。脚が長い、ちゅうこんもあるけんど、いろいろ工夫してすごくうまく着こなしてたもんね。陽子は将来、デザイナーかスタイリストになるってみんな言ってたっけ」

「それが今じゃ、ただの田舎のおばさんだね」

電話の向こう側で低く笑う声がする。それはいつもの陽子には似合わない自嘲というものであった。

「田舎のおばさんにもいろんな種類あるけど、陽子はただの田舎のおばさんじゃないよ。もしかすると、これからものすごく変わりそうなおばさんだよ」

「そうかね。そんなこと言ってくれるの、お姉ちゃんだけだよ。うちの夫なんか、この頃老けただの、おばさんくさいだの、人の気分を悪くすることばっか言うよ」

「亭主なんてそんなもんだよ。奥さんの気分を悪くさせて、うちに居させるようにするのが仕事なんだから」

「あれ、お姉ちゃんって過激なこと言うね」

「過激じゃないよ。誰でもわかるあたり前の話だよ。それからさ、東京へ行く時、みちるちゃんとダイちゃん、預ってあげるよ。うちはさ、ほら私がずっとうちにいるから遠慮することはないよ。ご飯食べさせてあげるぐらいのこと、いくらでもしてやるからね。いつでも言えしね」

「本当。悪いね。いいのかね」

しんから嬉しそうな声をあげた。

「東京へ行くなんて二年ぶりだよ。電車に乗ればたった一時間半なのに、どんどん遠いところになるよね。悲しいぐらいに遠いところになるよね」

この感じは東京で暮らしたことのない貴子にはわからない。高校を卒業した時、東京の短大に願書を出したのであるが、女は地元の学校でいいと親に押し切られた。自分よりずっと成績の悪かった兄は、男ということで東京の大学へ行かしてもらっている。東京といっても、八王子のはずれにある新設の大学だ。十人がいて、十人とも名前を知らない大学というのも珍しいかもしれない。兄に言わせると、ほとんど大学へ行かなかったにもかかわらず、ちゃんと卒業させてくれたとてもいい大学だという。そんな話を聞いて、貴子はどれほど口惜しかったことだろう。とにかく旧弊《きゅうへい》な父親であった。この町で何代にもわたり農家をしてきて、葡萄《ぶどう》をつくること以外何も知らないくせに、自分は世の中のことをすべて把握していると思っていた父親だった。だった、といってもまだ生きているのであるが、二年前に患った癌が再発したら、もう生きられないと言われている。この父親に怒鳴られ、命じられ、すべて決められてきた青春時代だったような気がするが、貴子の年代ならば娘はみんなこんなものだろう。末っ子の陽子の時にかなりゆるくなり、東京の専門学校へ進むことが出来たのだ。

そして今でも、東京は陽子にとって、よく慣れた見知ったところらしい。貴子のようにずっとこの土地で生きてきた人間は、用事で東京へ行くとなるとかなり怯《おび》えてしまう。億劫な気持ちが先に立つ。けれども陽子は、メトロの地図を持たなくても地下鉄の乗り換えが出来るというし、ひとりで食べ物屋にも入っていける。初めて東京へ出張した陽子は、かなり興奮して電話をかけてきた。

「お姉ちゃん、私はもう完全なおのぼりさんだよ。山手線に乗り換えて原宿へ行ったんだけどさ、もう、ここはどこだろうかって驚いちゃっただよ。新しいビルやお店がいっぱい出来ててさ、昔どおりのもんは駅ぐらいだったね」

それでも昼間は表参道のカフェに入り、サンドウィッチとコーヒーを頼んだという。

「もお、楽しかったよ。歩いている人を見ながらさ、コーヒー飲んだらあっという間に一時間たっちゃったよ。早く帰らなきゃって思うんだけどさ、あと一本帰る列車遅らせてもいいかなあ、なんて思っちゃって」

「そりゃ、そうだの」

貴子は大きな声で言った。

「陽子は私と違って、東京で暮らしたことがあるんだから、そういうことが似合うんだよ。一生懸命働いてるんだから、そんくらいのことをしてもいいだよ」

「そうかね。そう言ってもらうと、私もなんか安心するよ」

「別に安心しなくてもいいよ」

妹のこの殊勝さが貴子には意外であった。

「陽子は仕事で行ってるんだよ。ちょっとの合い間見て楽しい思いするのに、何の悪いこともないよ。もっと堂々としてりゃいいんだよ」

こうして月に二度ほど、陽子は東京へ出かけるようになった。以前は用事が終わるとすぐに帰ってきていたのであるが、最近は夜遅い列車になることも多い。

貴子は約束どおり二人の子どもを預るようにした。最初は、そんなことは出来ない、などと言っていた陽子の夫であるが、その日は遅くまで飲むことにしたようだ。姑の方は孫の食事づくりから解放されれば文句を言うことはなかった。貴子は夕食を食べさせた後、二人の子どもを風呂に入れ、車で家まで送っていく。子どもたちはパジャマに着替えさせるやいなや、すぐに二段ベッドに倒れ込む。十時を過ぎている。けれども陽子はまだ帰ってこない。

「貴子さん、悪いねえ……」

陽子の姑が車のところまで送ってくれる。人の姑はよく見えると言うけれども、自分の姑と比べると、ずっとおとなしく穏やかな女である。細面《ほそおもて》の顔や物ごしは品があって、息子の高橋はおそらく死んだ父親似なのだろう。

「陽子さんは、この頃東京から帰るのが遅いだよ。なんでも業者の人と打ち合わせしたり、ご飯を食べてくるらしいだよ。子どもがいる家の女が、なにもそんなことをしなくってもいいと思うだけどねえ」

「本当に。陽子がこんなに好きなことを出来るのも、お姑《かあ》さんのおかげですからねえ。私が出来ることは何でも協力させてもらいますよ」

そして夜道を車で走りながら、明日は陽子の店に寄ってみようと貴子は考える。ひとつだけ確かめておきたいことがあるのだ。

次の日、季節はずれの大雨が降った。その雨の激しさに、枯れかけた葡萄の葉が何枚も落ちて、

「収穫した後でよかった」

と、貴子の夫は胸を撫でおろしている。訓男がレインコートと傘という重装備で家を

出た後、貴子も傘をさして家を出た。横なぐりの雨でカーディガンがぐっしょりと濡れ、レインコートを持っていない貴子は顔をしかめる。この分では陽子の店で何か買うことになりそうだ。

「どうしたの、お姉ちゃん。びしょびしょじゃん」

店に入っていくと、陽子が悲鳴のような大声をあげた。そしてタオルを持ってとんでくる。

「うちだって今日は開店休業みたいなもんだよ。さっき奥さんから電話があって、こんな日に行けない。あなたも適当な時間になったらシャッターをおろして帰ってくれだってさ。ま、私は時給でやってるから、もうちょっと開けておこうかなって思ってるとこだけど。あ、お姉ちゃん、もう一枚タオル持ってくるからそのままでいろしね」

今日の陽子は、黒いニットにデニム地のスカートといういでたちだ。デニム地のスカートといっても、中年の女が好んで着るフレアのものではない。ぴっちりと体に貼りついていくタイトスカートだ。長身の陽子でなければ着こなせなかっただろう。

どこをどうしたというわけでもないが、化粧が巧みになり、その分自然になった。髪の毛も色はそのままであるが、顔になじんできたといってもいい。どこを切りとっても、女盛りの香り高さが伝わってくるようだ。

「バスタオルならいいんだけど、うちはこの大きさしかないんだ。いっそのこと、売り物を使っちゃおうか」

再び奥から戻ってきた陽子は、三枚のフェイスタオルを手にしてすまなそうに言う。

「そこにさ、エルメスのバスタオルがあるよ。佐々木病院の奥さんが持ってきたものなんだけどさあ、これはやっぱり使えないからさあ……」

「いいよ、それで。ちょっと借せし」

タオルをひったくるように取ると、貴子はパタパタと叩き始めた。そうしながら小さな勇気をつけていく。

「あんたさ、この頃、東京行くと帰ってくるの遅いんだってねえ」

「まあね。楽しいからつい遊んじゃうんだよ。遊んじゃうっていってもさ、東京のおいしいお店に連れて行ってもらうぐらいなんだけどさ」

「そういう時、誰と行くの」

「そりゃあ、取り引き先の人とかさ、東京で勤めていた頃の友だちだとかさ」

「その人って、男じゃないだけ？」

すぐさま否定すると思ったのであるが、陽子は黙った。しばらく何も言わない。唇を固く結んでいる。もっと強く責められることを願っているかのようだ。

「あんたさ、東京で誰かつき合っている人がいるんじゃないだけ？」

「どうして、そんなこと言うでえ……」

「このあいだ、あんたが最終の列車で帰って、私が迎えに行った時あるじゃん。眠ってるみちるちゃんたちを乗せてさ、うちまで送っていってやった時だよ。あの時、あんたお酒飲んでて少しぼんやりしてた。私、あの顔見てピンときたよ。それで私が言ったこと憶えてる？　このまま帰るとまずいからどこか寄ってこうって、土手のところで少し車を停めてたよね。あん時に聞こうと思って、何か言いそびれたんだよ」

「あのさァ」

陽子は不貞腐れたように口を開いた。

「私、今、月に二回東京へ行く時だけ、生きてるっていう感じがするよ。こっちの生活の方が、本当は何もないもののような気がするんだよ」

相手は勤めていた頃の上司だという。かつて若い頃、不倫というものをしていた相手も彼だった。奥さんの知るところとなって、随分嫌がらせをされた。もうこの男の人と手を切るためには、田舎へ帰るしかないと思った……。

「好きな人がいて駄目になったって聞いたけど、やっぱり相手は奥さんいたんだねえ」

「まあね」

「そうだよ。そんな大切なことを、どうして私に話さないでえ」

「姉妹でそんなこと話すわけないじゃん。気持ち悪い」

陽子は何か思い出してうっすらと笑った。そして知られてしまった安心感から、突然堰《せき》を切ったように喋り始めた。

相手の男は、陽子をいったん手放したことをとてつもなく後悔していること。今さら女房や子どもと別れることは出来ないけれども、愛情はすべて君にやる。だから月に一度、二人だけの時間を過ごしたいと、男が言い続けていること。

「私もさ、こんな風になるなんて思ってみなかったよ。久しぶりに東京へ行ったから、ご飯でも食べようって電話をしただけなんだもん」

「だけど旦那やお姑さんに知られたら、どうするつもりだよ」

「そんなの、わかるわけないじゃん」

陽子は姉を睨んだ。まるで姉が不倫相手の妻であるかのようにだ。その目を見て、貴子はもう間に合わないと直感した。

「あの年寄りと飲んだくれにバレるわけないじゃん。遅くなったってちょっと嫌味言われるぐらいで、まさか私が男の人と会ってるなんて思ってないよ」

「だけどさ、万が一ってことがあるしさ……」

「あのねえ、お姉ちゃん」

突然、膜を破ってにゅっと声が出た。妹のその動物めいた声に、貴子は一瞬身構えたほどだ。

「あのね、このままずうっと、ここで暮らすかと思うと、頭がおかしくならんだけ？

もう私の人生これでお終いかって、悲しくて悲しくてどうしようもない時ないだけ？　私は今、東京であの人に会わなくっちゃ、もう生きていけんよ」

「生きていけないなんてことはないよ」

　貴子は静かに言った。

「みんな何だかんだ言ったって、ちゃんとここにいて子ども育ててんだよ。あんただけが出来ないなんてことはないよ」

「だけど、私はもう知ったんだよ」

　姉と妹はしばらく見つめ合う。目をそらしたのは貴子の方である。

「とにかくバレないようにしろしね。絶対に旦那やみちるちゃんに知られちゃダメだよ。子どもは今までどおり、私がめんどうをみてやるからさ。泊めてやったっていいよ。訓男もその方が喜ぶしさ」

　本当？　お姉ちゃん、本当にありがとう。やっぱり持つべきものは、女のきょうだいだよねと、陽子は照れ隠しもあってか、急に殊勝になった。

「うちの旦那も、お姑《かあ》さんも、私がいないとご飯の仕度をしなくちゃなんないから嫌なんだよ。そのくらい勝手な人たちなんだから、私がちょっぴり勝手なことをしてもいいと思うよ」

　それが陽子のつじつま合わせということらしい。

二週間たった。陽子はまた東京へ出かけるという。貴子は二人の子どもを預かり、夕飯を食べさせ、風呂にも入れ、眠りかけているところを車で送ってやる。姑はじっとそれを見ているが何も言わない。が、おそらく何十倍にもなっていずれ返ってくることだろう。

ある日、夜遅く電話が鳴った。陽子の夫、高橋からであった。

「もしかすると、陽子、そっちの方へ子どもを迎えに行ってないかね」

「来てないよ。今日は陽子、遅くなるって言うから、みちるちゃんたちは泊まることになってるけど」

「いやー、最終で帰るっていうから、駅まで迎えに行ったけんど、乗ってなかったんだよ」

「あれ、それじゃきっと乗り遅れたんだね」

「それなら電話一本寄こしゃいいのに」

「きっともうすぐくるよ。最終に乗り遅れちゃったもんだから、自分でもどうしていいかわからなくなっちゃっただよ」

とうとうこんな日がやってきたのかと貴子は思った。男が引き止めているのか。それともどうしても帰りたくなくなった陽子が、急に刹那的な気持ちになったのか。いずれにしても、彼女がこの三ケ月、必死に取り繕っていたものがほころびを見せ始めたのだ。

陽子はどうするつもりなのか。とことん大胆になれるような女でもない。明日になれば、大変なことをしたと真青になり、あれこれ対策を考えるに違いない。

貴子は二階へ上がり、眠っている子どもたちに毛布をかけてやった。キティちゃんのプリントパジャマを着ているみちるは、軽いいびきをかいてよく眠っている。母親に似て睫毛《まつげ》の長い目がぴくりとも動かない。この子の未来はどんなものだろうとふと考え、そしてこの子の母親が発した、

「このままここで暮らすかと思うと、頭がおかしくならんだけ？」

という言葉を思い出した。

「悲しくて悲しくてどうしようもない」ことならいくらでも体験している。別に夫やこの土地が悪いのではない。年をとること、目立たず静かに暮らすことを要求する大きな存在が許せないのだ。

貴子は眠っている姪の頬に手をやる。あたたかくてやわらかだ。全く子どもの頬くらい、心をなごませてくれるものはない。

もしかすると、少しずつ少しずつ陽子を東京へ向かわせていたのは自分かもしれないとふと思った。巧妙に仕掛けていたのではないけれど、毎日少しずつ、陽子を昔の男へと近づけていった。

この世の中には、二とおりの川が流れている。こちら側は毎日平凡に生きるふつうの

川だ。もうひとつの川は、ドラマや小説に出てくるような、深くて暗い川である。自分はその川で陽子を泳がせたかったのだ。なぜなら陽子は私なのだから。

「こんな生活、頭がおかしくならんだけ？」

陽子の真似をしてつぶやいてみた。おそらく私が一生口にすることのないだろう言葉。けれども私が心の中でいつも叫んでいる言葉。陽子は私なのだから。

夜はしんしんと更けていく。陽子はどう〝落し前〟をつけて帰ってくるのだろうか。貴子は固唾《かたず》を呑んで待っている。

解説

東村アキコ

本書は二〇〇五年に出版された文庫本を『ペット・ショップ・ストーリー』のタイトルで復活させたものである。十一篇の短篇が収められていて、もっとも古い作品の初出は二十年以上前に遡るという。全体に暗い話が多いが、私はこういうドロドロ系の小説が大好きだ。それは私が四十三歳という、主人公たちの年齢に近いせいもあるだろう。人生の折り返し点にさしかかり、現実はけっこうショボいことになっているのに、女の部分は生々しく残り、本人はまだまだイケると思っている。そのせめぎ合いから生まれる嫉妬や不安、憎悪といった負の感情に林先生は容赦なくそっと光を当てる。登場人物にのめり込まず、少し距離を置いて俯瞰《ふかん》で描いているのも素敵だ。漫画家にも主人公に自分を重ねて描くのめり込み型と、突き放し型がいるが、私は先生と同じで後者のタイプだ。そのほうが自由で、面白い物語が生まれるのではないだろうか。

表題作の『ペット・ショップ・ストーリー』に登場する店のオーナー中山圭子はどこの町にもひとりはいそうな噂好きの女性だ。彼女は町じゅうの小さなゴシップに精通している。テレビの話題にはならないけど、町の人にはじゅうぶんワイドショー的な値打ちのある「ゲスい」ネタである。離婚しているが暮らしに不自由はなく、見た目もきれいで若々しいという、圭子さんのキャラ設定が秀逸だ。

ある日、主人公の「私」がチャウチャウを連れて店先で立ち話をする「あの女」を見かけたことから、醜悪な過去が蘇ってくる。たしかにこれだけ因縁のあった女が同じ町に住むとなったら、ほとんど地獄だろう。細かい描写でいうと、主人公が飼っている、耳がしょっちゅうじくじくと湿っぽいマルチーズの存在が強烈だった。昔、親戚のおばちゃんが飼っていた犬もそうだったわと思い出して、胸がジャリジャリ、ジャボジャボしてくる。主人公も身勝手だが、とことん離婚に応じなかった「あの女」もそうとう性格が悪い。どちらもいけ好かない女だと私は思う。

自分に学がないせいだろうが、『初夜』を読んで初めて「老嬢」という言葉を知った。年老いたお嬢さんという言い方が残酷だ。箱入り娘で高値をつけて、ちょっとやそっとの家には嫁にやれんと強気できたのに、あるときクルンと反転する瞬間がやってくる。男の格はどんどん下がり、やがて見合い話も途切れて、あとは老嬢一直線だ。小じわの増えた娘の顔を見て、「どうして化粧をしないのだ」と父親が内心ジリジリするシーンがいい。娘が若いころなら「目立つ化粧はするな」と叱っただろうに、父親のそんな思いも反転してしまう。一度も男を知らないまま子宮を切除する娘を哀れんで、入院の前の晩、親子はひとつ部屋で寝る。このときに抱く父親の妄想は正直キモい。究極の父親の傲慢さを感じる。そんなことを考えるくらいなら、娘をもっと自由にしてやればよかったのだ。娘だって親の言いなりにならず、ディスコでも行って不埒な体験でもしていたら、あとの人生は変わっていたかもしれない。

今、世の中で何割くらいの人が不倫をしているのだろう。一度、国勢調査で正確な数字を出してほしいと思う。この短篇集も不倫をからめた作品が多い。留守電に残した伝言が不倫の証拠になってしまう『メッセージ』、京都の不倫旅行から帰ったカップルを東京駅で意外な人が出迎える『お帰り』、略奪婚をした女性が最後に残酷な現実を知る『儀式』など、さまざまな形で不倫カップルのてん末が語られている。

彼女たちは日本中が熱に浮かされていたバブルの経験者だ。誰もが映画の主人公になれた時代である。今の若い人なら消費者側からアイドルを応援するだけで満足できるが、彼女たちはいくつになっても主役の人生が忘れられない。「私も楽しんじゃおう」といわんばかりに、罪の意識は希薄。勢いで突っ走るのではなく、淡々とことを運ぶ冷静さもある。それでも隠し通せる不倫はないということか。最後にばれてしまうのは、天罰が下ったみたいでむしろ気分がいい。「人生なめすぎ」とニヤリとなる。

『春の海へ』で主人公が味わう幻滅感ときたら、これはきつい。湘南にドライブするつもりで弁当まで手作りしたのに、連れていかれたのは新横浜のラブホ。しかも壁一面に熱帯魚が描かれている。弁当もここでは食えんだろう。自分がその立場ならと想像すると、胸がウッと詰まりそうになる。そのウワーッとなる瞬間はエンタメ性の強い漫画では扱いにくい。小説だからこそ味わえる感覚だと思う。

『眠れる美女』は十五歳年上の女性を妻にした男の風変わりな性癖を描いた、この短篇集でもとくに好きな作品である。この男性はべつにスーパー熟女マニア、というわけではないだろう。相手はアーティストであり、自宅もちゃんと持っていて、料理もうまい。そういう女子力の高さ、究極の人間力にひかれる男の気持ちはよくわかる。ハリを失って、柔らかく吸い込まれていくような肌の描写もエロチックで美しい。全体的にとてもきれいな作品だと思う。好きなものがあって、没頭できたら年齢なんてもう関係ない。自分の年齢は自分の心で決めればいいのだから。

『いもうと』を読んで、向田邦子先生の『眠り人形』という作品を思い出した。美人の姉にずっとコンプレックスを抱いていた妹。ふたりの結婚後、妹は嫁ぎ先の商売が繁盛して素敵なマダムになっていくのに、姉は昔の面影を失い、女性としての輝きまで逆転してしまう。女は選ぶ男によって見た目も変わるのかと、ショックを受けたのを覚えている。『いもうと』の知子だって昔はそこそこきれいだったはずだ。でも、気がつけば人生を滑り落ちて、ホームレスぎりぎりみたいな姿で兄の家にあらわれる。兄妹でも、ほんのちょっとしたことで人生は大きく分かれてしまう。池袋のうなぎ屋で兄妹が食事をするシーンは映画を見るようだ。高級店ではなく、天丼とかもやっていそうな大衆店。安っぽいパイプの椅子とテーブル。「妹ならこの程度の店でじゅうぶん」と安く値踏みしているのがわかる。一度人生を転がり落ちると、這い上がるのはむずかしい。彼女のためのウルトラCはどこにあるのだろう？

子供のころエミちゃんという「敵」がいた。可愛くて仲もいいから、毎日家に遊びに行き、いつも喧嘩をして帰ってきた。お互いにライバル視して、どこかで憎みあってもいた。だから、『帰郷』の絵里果と松子の関係がよくわかる。田舎では子供のときの力関係は意外と尾を引くものだ。大学生で都会に出て、そのまま幸せに暮らせたらいいが、仕事がなかったり家庭の事情で郷里に戻る人もいる。それは東京に出て行くのと同じくらい、人生の一大イベントなのだ。

都会の暮らしに疲れて、すべてを捨てて郷里に帰ったら、あの顔も見たくない松子が子供を連れて自分より少し早く出戻っていた。それでも自宅で始めた仕事は軌道に乗り、なんとか平穏な暮らしを取り戻したところに、不倫相手のクズ男から電話がかかり……。松子の娘を川で遊ばせるラストがホラー風味でゾクゾクする。この短篇集の登場人物には誰も幸せそうな人がいない。

『雪の音』は時代背景もカラーも違う異色作だ。戦争中に嫁を兵隊に差し出したという話は聞いたことがあるが、戦争未亡人の兄嫁に自分の夫を貸すという設定はさらにショッキングだ。性欲を抑えかねて悶々とする兄嫁の描写が生々しいが、一度夫を貸したら今度は自分が悶々とすることに。それでも家の稼ぎ手は兄嫁ひとりだから我慢するしかない。ギリギリの選択だが、ひと昔前の閉鎖的な農村では赤の他人より身内のほうがまだまし、という考え方があったのだと思う。最後に驚愕の事実が明かされるまで、物語は過去と現在が交錯する。連ドラにしたら十一話分はありそうだ。それを二十ページの短篇に収めてしまうとは、なんて贅沢なことだろう。

ラストの『秘密』は容姿も性格も対照的な妹に対して、姉が抱くささやかな悪意や嫉妬が描かれている。地元のリサイクルショップでたくましく働く妹を応援しながらも、買い付けのたびに東京で不倫を重ねる妹を心のどこかでおもしろがっている。ろくなことにならないのはわかっているのに、不倫をたきつけているようで、けっこう性格が悪いと思う。「陽子は私なのだから」という最後のつぶやきは意味深だ。このお姉さんのように一見まともそうに見えて、心の中で「ウッシシ」みたいなイヤなことを考えている人はけっこう多いのだろうか。

十一篇の短篇を読み通して、あらためて思った。人生はきれいごとじゃない。それこそマルチーズの耳ダレみたいな汚いシミがいっぱいついている。そして、ふだん忘れていても、ふとした瞬間に気づかされるのだ。「あれ、こんなところにシミが……」と。林さんの小説にはそういう力がある。一篇は短くても、登場人物ひとりひとりの人生がギュッと詰まっている。前向きなヒロインが頑張る今どきのドラマを見慣れた人には、アラフォーのねじれたヒロイン像はかえって新鮮に映るだろう。重めのドロドロ系小説の入門編として、自信を持ってお薦めしたい短篇集である。

（漫画家）

インタビュー・文　門田恭子

初出誌　オール讀物

ペット・ショップ・ストーリー	1995年1月号
初夜	1998年8月号
メッセージ	1996年2月号
眠れる美女	2000年10月号
お帰り	1997年11月号
儀式	2000年6月号
いもうと	2001年8月号
春の海へ	1997年3月号
帰郷	1998年12月号
雪の音	1999年10月号
秘密	2001年11月号

単行本　2002年5月　文藝春秋刊

この作品は2005年6月に刊行された文春文庫「初夜」を改題した新装版です。

DTP制作　エヴリ・シンク

本書の無断複写は著作権法上での例外を除き禁じられています。
また、私的使用以外のいかなる電子的複製行為も一切認められておりません。

文春文庫

ペット・ショップ・ストーリー

定価はカバーに
表示してあります

2019年6月10日　第1刷

著　者　林《はやし》　真《ま》理《り》子《こ》
発行者　花田朋子
発行所　株式会社 文藝春秋

東京都千代田区紀尾井町 3-23　〒102-8008
TEL 03・3265・1211㈹
文藝春秋ホームページ　http://www.bunshun.co.jp
落丁、乱丁本は、お手数ですが小社製作部宛お送り下さい。送料小社負担でお取替致します。

印刷製本・凸版印刷

Printed in Japan
ISBN978-4-16-791302-1

（　）内は解説者。品切の節はご容赦下さい。

オーラの条件
林　真理子

旬のただ中に生きる人は、不思議な光線を発している……。ITで財をなした青年や変わり者の政治家、「時代の寵児」を作り上げる世の中を鋭く見据える、シリーズ第十九弾。

は-3-31

美貌と処世
林　真理子

「女は復活の時にその真価を試される」。不倫で世間を騒がせた女性議員、暴露本をだすかつての人気女優。欲望全開の女たちが活躍する現代をまるごと味わいながら疾走する人気エッセイ。

は-3-36

最初のオトコはたたき台
林　真理子

女の幸せの王道に異変あり!?　次世代のスター女優は皆、子どもを産み離婚している……人はどこに向かうのか。仕事も食欲も付き合いも遊びも相変わらず全開の人気エッセイ。

は-3-37

いいんだか悪いんだか
林　真理子

ついにブログを開設、イタリアオペラ旅行に歌舞伎町キャバクラ探訪。時代の空気を丸ごと味わいながら、仕事と遊びに引き続きフル稼働！　週刊文春の人気連載エッセイ、第23弾。

は-3-40

やんちゃな時代
林　真理子

海老蔵の挙式とあの事件、コロコロ変わる首相、人気女優が選んだ再婚相手の妖しさ。男たちの激しい毀誉褒貶を尻目に、パワフルに遊び働くマリコの大人気日常エッセイ第24弾！

は-3-41

銀座ママの心得
林　真理子

大震災被災地の光景に涙してばかりはいられない！　東北の未来作りに奔走する仲間に触発され、超オリジナル支援策「銀座のママプロジェクト」を立ち上げる！　人気連載、激動の一年。

は-3-43

来世は女優
林　真理子

文士劇出演のため声楽レッスンを再開、写真集撮影にドバイへ旅行。熱い女優魂が燃え上がる一方、作家の視線で鋭く見つめる「高貴なあの方の結婚生活」。人気エッセイ第26弾。

は-3-48

( )内は解説者。品切の節はご容赦下さい。

林 真理子
マリコノミクス！
――まだ買ってる

自民党政権復活と共にマリコの正月がはじまった！ 『野心のすすめ』大ヒット、バイロイトにてオペラ「ニーベルングの指輪」鑑賞など気力体力充実の日々。大人気エッセイ第27弾！

は-3-49

林 真理子
マリコ、カンレキ！

ドルガバの赤い革ジャンに身を包み、ド派手でゴージャスな還暦パーティーを開いた。これからも思いきりちゃらいおばちゃんを目指すことを決意する。痛快パワフルエッセイ第28弾。

は-3-50

林 真理子
「結婚」まで
よりぬき80s

時代のスター作家として三浦和義・ダイアナ妃らと交流、自らの結婚式を感動レポート。伝説の名言至言満載、30年分の名物連載から80年代を選り抜いた傑作エッセイ集。（田辺聖子）

は-3-45

林 真理子
「中年」突入！
ときめき90s

雅子さまを迎える皇室の激動、松田聖子の離婚再婚、90年代バブル弾けた日本の男女にドラマティックはあるのか!? 名作「最初で最後の出産記」収録の傑作エッセイ集第二弾。

は-3-46

林 真理子
「美」も「才」も
うぬぼれ00s

ホリエモンのオーラ、東大卒の価値、女の勝負とは――国民的ミーハー魂と鋭い視線は、50代に突入しても変化なし！ 連載30年分からの選り抜き傑作エッセイ集第三弾！

は-3-47

林 真理子
林真理子の名作読本

文学少女だった著者が、「放浪記」「斜陽」「嵐が丘」など、今までに感動した世界の名作五十四冊を解説した読書案内。また簡潔平明な内容で反響を呼んだ「林真理子の文章読本」を併録。

は-3-27

林 真理子
不機嫌な果実

三十二歳の水越麻也子は、自分を顧みない夫に対する密かな復讐として、元恋人や歳下の音楽評論家と不倫を重ねるが……。男女の愛情の虚実を醒めた視点で痛烈に描いた、傑作恋愛小説。

は-3-20

（　）内は解説者。品切の節はご容赦下さい。

林 真理子
野ばら
宝塚の娘役の千花と親友でライターの萌。花の盛りのように美しいヒロイン達の日々は、退屈な現実や叶わぬ恋によってゆっくりと翳りを帯びていく。華やかな平成版「細雪」。（酒井順子）
は-3-29

林 真理子
最終便に間に合えば
新進のフラワーデザイナーとして訪れた旅先で、7年ぶりに再会した昔の男。冷めた大人の孤独と狡猾さがお互いを探り合う会話に満ちた、直木賞受賞作を含むあざやかな傑作短編集。
は-3-38

林 真理子
下流の宴
中流家庭の主婦・由美子の悩みは、高校中退した息子が連れてきた下品な娘。「うちは〝下流〟になるの!?」現代の格差と人間模様を赤裸々に描ききった傑作長編。（桐野夏生）
は-3-39

林 真理子
満ちたりぬ月
「私、やり直したい」。結婚生活が崩壊した絵美子は、仕事で成功している短大時代の友人・圭に頼るが。家庭とキャリア、女の幸せ、嫉妬という普遍が生き生きと描かれた傑作長編。
は-3-44

林 真理子
最高のオバハン
中島ハルコの恋愛相談室
中島ハルコ、52歳。金持ちなのにドケチで口の悪さは天下一品。嫌われても仕方がないほど自分勝手な性格なのに、なぜか悩み事を抱えた人間が寄ってくる。痛快エンタテインメント！
は-3-51

林 真理子
運命はこうして変えなさい
賢女の極意120
恋愛、結婚、男、家族、老後……作家生活30年の中から生まれた金言格言たち。人生との上手なつき合い方がわかる、ときめく言葉の数々は、まさに「運命を変える言葉」なのです！
は-3-52

（　）内は解説者。品切の節はご容赦下さい。

阿佐田哲也
麻雀放浪記1　青春篇
戦後まもなく、上野のドヤ街を舞台に、坊や哲、ドサ健、上州虎、出目徳ら博打打ちが、人生を博打に賭けてイカサマの限りを尽くして闘う「阿佐田哲也麻雀小説」の最高傑作。（先崎　学）
あ-7-3

阿佐田哲也
麻雀放浪記2　風雲篇
イカサマ麻雀がばれた私こと坊や哲は関西へ逃げた。だが、そこには東京より過激な「ブウ麻雀」のプロ達が待っており、京都の坊主達と博打寺での死闘が繰り広げられた。（立川談志）
あ-7-4

阿佐田哲也
麻雀放浪記3　激闘篇
右腕を痛めイカサマが出来なくなった私こと坊や哲は新聞社に勤めたが……。戦後の混乱期を乗り越えたイカサマ博打打ちたちの運命は。痛快ピカレスクロマン第三弾！（小沢昭一）
あ-7-5

阿佐田哲也
麻雀放浪記4　番外篇
黒手袋をはずすと親指以外すべてがツメられている博打打ち、李億春との出会いと、ドサ健との再会を機に堅気の生活から足を洗った私……。麻雀小説の傑作、感動の最終巻！（柳　美里）
あ-7-6

浅田次郎
月のしずく
きつい労働と酒にあけくれる男の日常に舞い込んだ美しい女。出会うはずのない二人が出会う時、癒しのドラマが始まる――表題作ほか「銀色の雨」「ピエタ」など全七篇収録。（三浦哲郎）
あ-39-1

浅田次郎
草原からの使者　沙高樓綺譚
総裁選の内幕、莫大な遺産を受け継いだ御曹司が体験するカジノの一夜、競馬場の老人が握る幾多の人生。富と権力を持つ人間たちの虚無と幸福を浅田次郎が自在に映し出す。（有川　浩）
あ-39-11

阿部智里
烏《からす》に単《ひとえ》は似合わない
八咫烏の一族が支配する世界「山内」。世継ぎの后選びを巡る有力貴族の姫君たちの争いに絡み様々な事件が……。史上最年少松本清張賞受賞作となった和製ファンタジー。（東　えりか）
あ-65-1

（　）内は解説者。品切の節はご容赦下さい。

烏《からす》は主《あるじ》を選ばない
阿部智里
優秀な兄宮を退け日嗣の御子の座に就いた若宮に仕えることになった雪哉。だが周囲は敵だらけ、若宮の命を狙う輩も次々に現れる。彼らは朝廷権力闘争に勝てるのか？　（大矢博子）
あ-65-2

黄金《きん》の烏《からす》
阿部智里
八咫烏の世界で危険な薬の被害が次々と報告される。その行方を追って旅に出た若宮と雪哉は、最北の地で村人を襲い喰らい尽くす大猿に遭遇する。シリーズ第三弾。　（吉田伸子）
あ-65-3

空棺《くうかん》の烏《からす》
阿部智里
人間にかわり八咫烏が支配する世界「山内」。山内のエリート武官を養成する学校で切磋琢磨する少年たちの青春の日々を彩る、冒険、謀略そして友情。大人気シリーズ第四弾。　（大森　望）
あ-65-4

夜の署長
安東能明
新米刑事の野上は、日本一のマンモス警察署・新宿署に配属される。そこには〝夜の署長〟の異名を持つベテラン刑事・下妻がいた。警察小説のニューヒーロー登場。　（村上貴史）
あ-74-1

Ｊｉｍｍｙ
明石家さんま　原作
一九八〇年代の大阪。幼い頃から失敗ばかりの大西秀明は、高校卒業後なんば花月の舞台進行見習いに。人気絶頂の明石家さんまに出会い、孤独や劣等感を抱きながら芸人として成長していく。
あ-75-1

星月夜
伊集院　静
東京湾で発見された若い女性と老人の遺体。事件の鍵を握るのは、老人の孫娘、黄金色の銅鐸、そして星月夜の哀しい記憶……。かくも美しく、せつない、感動の長編小説。　（池上冬樹）
い-26-21

池袋ウエストゲートパーク
石田衣良
刺す少年、消える少女、潰し合うギャング団……命がけのストリートを軽やかに疾走する若者たちの現在を、クールに鮮烈に描いた人気シリーズ第一弾。表題作など全四篇収録。　（池上冬樹）
い-47-1

石田衣良
PRIDE——プライド
池袋ウエストゲートパークX

四人組の暴行魔を探してほしい——ちぎれたネックレスを下げた美女の依頼で、マコトはあるホームレス自立支援組織を調べ始める。IWGPシリーズ第1期完結10巻目！　（杉江松恋）

い-47-18

石田衣良
憎悪のパレード
池袋ウエストゲートパークXI

IWGP第二シーズン開幕！　変容していく池袋、でもあの男たちは変わらない。脱法ドラッグ、ヘイトスピーチ……続発するトラブルを巡り、マコトやタカシが躍動する。　（安田浩一）

い-47-21

池井戸　潤
ロスジェネの逆襲

半沢直樹、出向！　子会社の証券会社で着手した買収案件が汚い手段で横取りされた。若き部下とともに半沢は反撃の策を練る。IT業界を舞台とする大人気シリーズ第3弾。　（村上貴史）

い-64-7

池井戸　潤
銀翼のイカロス

出向先から銀行に復帰した半沢直樹は破綻寸前の帝国航空を担当するも、女性の国交大臣から巨額の債権放棄の要求が。さらに行内にも敵が現れ、半沢に史上最大の危機！　（村上貴史）

い-64-8

池井戸　潤
民王

夢かうつつか、新手のテロか？　総理とその息子に非常事態が発生！　漢字の読めない政治家、酔っぱらい大臣、バカ学生らが入り乱れる痛快政治エンタメ決定版。　（村上貴史）

い-64-6

伊坂幸太郎
死神の精度

俺が仕事をするといつも降るんだ——七日間の調査の後その人間の生死を決める死神たちは音楽を愛し大抵は死を選ぶ。クールでちょっとズレてる死神が見た六つの人生。　（沼野充義）

い-70-1

伊坂幸太郎
死神の浮力

娘を殺された山野辺夫妻は、無罪判決を受けた犯人への復讐を計画していた。そこへ人間の死の可否を判定する〝死神〟の千葉がやってきて、彼らと共に犯人を追うが——。　（円堂都司昭）

い-70-2

（　）内は解説者。品切の節はご容赦下さい。

阿部和重・伊坂幸太郎
キャプテンサンダーボルト（上下）
大陰謀に巻き込まれた小学校以来の友人コンビ。不死身のテロリストと警察から逃げきり、世界を救え！　人気作家二人がタッグを組んで生まれた徹夜必至のエンタメ大作。（佐々木　敦）
い-70-51

乾　ルカ
ばくりや
あなたの「能力」を誰かの「能力」と交換しますという文句に導かれ、三波は「ばくりや」を訪ねたが――能力を交換した人々の悲喜劇を描く、奇想天外な連作短篇集。（桜木紫乃）
い-78-3

伊吹有喜
ミッドナイト・バス
故郷に戻り、深夜バスの運転手として二人の子供を育ててきた利一。ある夜、乗客に十六年前に別れた妻の姿が。乗客たちの人間模様を絡めながら家族の再出発を描く感動長篇。（吉田伸子）
い-102-1

歌野晶午
ずっとあなたが好きでした
バイト先の女子高生との淡い恋、美少女の転校生へのときめき、人生の夕暮れ時の穏やかな想い……。サプライズ・ミステリーの名手が綴る恋愛小説集は、一筋縄でいくはずがない!?（大矢博子）
う-20-3

逢坂　剛
禿鷹《はげたか》の夜
ヤクザにたかり、弱きはくじく史上最悪の刑事・禿富鷹秋《とくとみたかあき》――通称ハゲタカは神宮署の放し飼い。だが、恋人を奪った南米マフィアだけは許さない。本邦初の警察暗黒小説。（西上心太）
お-13-6

大沢在昌
魔女の笑窪
闇のコンサルタントとして裏社会を生きる女・水原。男を一瞬で見抜くその能力は、誰にも言えない壮絶な経験から得た代償だった。美しいヒロインが、迫りくる過去と戦う。（青木千恵）
お-32-7

大沢在昌
魔女の盟約
自らの過去である地獄島を破壊した「全てを見通す女」水原は、家族を殺された女捜査官・白理《バイリー》とともに帰国。自らをはめた「組織」への報復を計画する。『魔女の笑窪』続篇。（富坂　聰）
お-32-8

（　）内は解説者。品切の節はご容赦下さい。

奥田英朗
イン・ザ・プール

プール依存症、陰茎強直症、妄想癖など、様々な病気で悩む患者が病院を訪れるも、精神科医・伊良部の暴走治療ぶりに呆れるばかり。こいつは名医か、ヤブ医者か？　シリーズ第一作。

お-38-1

奥田英朗
空中ブランコ

跳べなくなったサーカスの空中ブランコ乗り、尖端恐怖症で刃物が怖いやくざ……。おかしな症状に悩める人々を、トンデモ精神科医・伊良部一郎が救います！　爆笑必至の直木賞受賞作。

お-38-2

奥田英朗
町長選挙

都下の離れ小島に赴任することになった、トンデモ精神科医の伊良部。住民の勢力を二分する町長選挙の真っ最中で、巻き込まれた伊良部は何とひきこもりに！　絶好調シリーズ第三弾。

お-38-3

奥田英朗
無理（上下）

壊れかけた地方都市・ゆめのに暮らす訳アリの五人。それぞれの人生がひょんなことから交錯し、猛スピードで崩壊してゆく様を描いた傑作群像劇。一気読み必至の話題作！

お-38-5

荻原　浩
幸せになる百通りの方法

自己啓発書を読み漁って空回る青年、オレオレ詐欺の片棒担ぎ、リストラを言い出せないベンチマン……今を懸命に生きる人々を描いたユーモラス＆ビターな七つの短篇。（温水ゆかり）

お-56-3

大崎　梢
夏のくじら

大学進学で高知にやって来た篤史はよさこい祭りに誘われる。初恋の人を探すために参加するも、個性的なチームの面々や踊りの練習に戸惑うばかり。憧れの彼女はどこに!?　（大森　望）

お-58-1

大崎　梢
プリティが多すぎる

文芸志望なのに少女ファッション誌に配属された南吉くんこと新見佳孝・26歳。くせ者揃いのスタッフや10代のモデル達のプロ精神に触れながら変わってゆくお仕事成長物語。（大矢博子）

お-58-2

（　）内は解説者。品切の節はご容赦下さい。

小野一起
マネー喰い
金融記者極秘ファイル

ネタ元との約束を守って「特落ち」に追い込まれたベテラン記者・山沢勇次郎。謎のリークが記者たちを翻弄する中、メガバンクの損失隠しをめぐる怒濤の闘いが始まった！（佐藤　優）

お-66-1

太田紫織
あしたはれたら死のう

自殺未遂の結果、数年分の記憶と感情の一部を失った遠子。その時に亡くなった同級生の少年・志信と自分はなぜ死を選んだのか——遠子はSNSの日記を唯一の手がかりに謎に迫るが。

お-69-1

勝目　梓
あしあと

記憶の封印が解かれる時、妖しく危うい官能の扉が開く。この世に起こり得ない不思議。倒錯の愛。夢とも現実ともつかぬ時空を往来しながら描く、円熟の傑作短篇十篇。（逢坂　剛）

か-11-4

角田光代
ツリーハウス

じいさんが死んだ夏、孫の良嗣は自らのルーツを探るべく、祖父母が出会った満州へ旅に出る。昭和と平成の世相を背景に描く、一家三代のクロニクル。伊藤整文学賞受賞作。（野崎　歓）

か-32-9

角田光代
かなたの子

生まれなかった子に名前などつけてはいけない——人々の間に昔から伝わる残酷で不気味な物語が形を変えて現代に甦る。時空を超え女たちを描く泉鏡花賞受賞の傑作短編集。（安藤礼二）

か-32-10

加納朋子
モノレールねこ

デブねこを介して始まった「タカキ」との文通。しかし、そのネコが車に轢かれ、交流は途絶えるが……。表題作「モノレールねこ」ほか、普段は気づかない大切な人との絆を描く八篇。（吉田伸子）

か-33-3

（　）内は解説者。品切の節はご容赦下さい。

加納朋子
少年少女飛行倶楽部
中学一年生の海月が入部した「飛行クラブ」。二年生の変人部長・神《じん》ことカミサマをはじめとするワケあり部員たちは果たして空に舞い上がれるのか？　空とぶ傑作青春小説！（金原瑞人）
か-33-4

加納朋子
螺旋階段のアリス
憧れの私立探偵に転身を果たしたものの依頼は皆無、事務所で暇をもてあます仁木順平の前に、白い猫を抱いた美少女・安梨沙が迷いこんでくる。心温まる7つの優しい物語。（藤田香織）
か-33-6

加納朋子
虹の家のアリス
心優しき新米探偵・仁木順平と聡明な美少女・安梨沙。『不思議の国のアリス』を愛する二人が営む小さな事務所に持ちこまれる6つの奇妙な事件。そして安梨沙の決意とは。（大矢博子）
か-33-7

加納朋子
トオリヌケ キンシ
外に出られないヒキコモリのオレが自由を満喫できるのはただ夢の世界だけ——。不平等で不合理な世界だけど、出口はある。かならず、どこかに。6つの奇跡の物語。（東　えりか）
か-33-8

海堂　尊
ひかりの剣
覇者は外科の世界で大成するといわれる医学部剣道部の「医鷲旗」大会。そこで、東城大・速水と、帝華大・清川による伝説の闘いがあった。「チーム・バチスタ」シリーズの原点！（國松孝次）
か-50-1

壁井ユカコ
サマーサイダー
廃校になった中学の最後の卒業生、幼なじみのミズ、誉、悠の間には誰にも言えない秘密があった。高校生になり互いへの気持ちに揺らぐ彼らを一年前の罪が追いつめてゆく——。（瀧井朝世）
か-66-1

北方謙三
杖《じょう》下《か》に死す
剣豪・光武利之が、私塾を主宰する大塩平八郎の息子、格之助と出会ったとき、物語は動き始める。幕末前夜の商都・大坂を舞台に至高の剣と男の友情を描ききった歴史小説。（末國善己）
き-7-10

（　）内は解説者。品切の節はご容赦下さい。

桐野夏生
グロテスク（上下）
あたしは仕事ができるだけじゃない。光り輝く夜のあたしを見てくれ——。名門女子高から一流企業に就職し、娼婦になった女の魂の彷徨。泉鏡花文学賞受賞の傑作長篇。（斎藤美奈子）
き-19-9

桐野夏生
だから荒野
四十六歳の誕生日、身勝手な夫と息子たちを残し、家出した主婦・朋美。夫の愛車で気の向くまま高速をひた走る——。家族という荒野を生きる孤独と希望を描いた話題作。（速水健朗）
き-19-19

桐野夏生
奴隷小説
武装集団によって島に拉致された女子高生たち。夢の奴隷となったアイドル志望の少女。死と紙一重の収容所の少年……何かに囚われた状況を容赦なく描いた七つの物語。（白井　聡）
き-19-20

京極夏彦
定本　百鬼夜行—陽
『陰摩羅鬼の瑕』ほか、京極堂シリーズの名作を彩った男たち、女たち。彼らの過去と因縁を「妖しのもの」として物語る悲しく恐ろしいスピンオフ・ストーリーズ第二弾。初の文庫化。

き-39-1

京極夏彦
定本　百鬼夜行—陰
人にとり憑く妄執、あるはずもない記憶、疑心暗鬼、得体の知れぬ闇。それが妖怪となって現れる。『姑獲鳥の夏』ほか名作の陰にあった物語たちを収める。百鬼夜行シリーズ初の短編集。

き-39-2

熊谷達也
邂逅《かいこう》の森
秋田の貧しい小作農・富治は、先祖代々受け継がれてきたマタギとなり、山と狩猟への魅力にとりつかれていく。直木賞、山本周五郎賞を史上初めてダブル受賞した感動巨篇！（田辺聖子）
く-29-1

宮藤官九郎
きみは白鳥の死体を踏んだことがあるか（下駄で）
冬の白鳥だけが名物の東北の町で男子高に通う「僕」。ある日、ローカル番組で「おもしろ素人さん」を募集しているのを見つけた僕は、親友たちの名前を勝手に書いて応募し……。（石田衣良）
く-34-3

（　）内は解説者。品切の節はご容赦下さい。

小松左京
アメリカの壁
アメリカと外界とが突然、遮断された。いったい何故？　四十年前にトランプ大統領の登場を予言した、と話題沸騰の表題作を含む、ＳＦ界の巨匠の面目躍如たる傑作短編集。（小松実盛）
こ-5-13

小森健太朗
大相撲殺人事件
相撲部屋に入門したマークを待っていたのは角界に吹き荒れる殺戮の嵐だった。立ち合いの瞬間、爆死する力士、頭のない前頭。本格ミステリと相撲、伝統と格式が融合した傑作。（奥泉　光）
こ-35-2

笹本稜平
還るべき場所
世界２位の高峰Ｋ２で恋人を亡くした山岳家は、この山にツアーガイドとして還ってきた。立ちはだかる雪山の脅威と登山家たちのエゴ。故・児玉清絶賛の傑作山岳小説。（宇田川拓也）
さ-41-3

笹本稜平
春を背負って
先端技術者としての仕事に挫折した長嶺亨は、山小屋を営む父の訃報に接し、脱サラをして後を継ぐことを決意する。山を訪れる人々が抱える人生の傷と再生を描く感動の山岳短編小説集。

さ-41-4

笹本稜平
その峰の彼方
厳冬のマッキンリーを単独登攀中に消息を絶った孤高の登山家・津田悟。親友の吉沢ら捜索隊が壮絶な探索行の末に見た奇跡とは？　山岳小説の最高峰がここに！（宇田川拓也）
さ-41-5

佐々木　譲
ユニット
十七歳の少年に妻を殺された男。夫の家庭内暴力に苦しみ、家出した女。同じ職場で働くことになった二人に、魔の手が伸びる。少年犯罪と復讐権、家族のあり方を問う長篇。（西上心太）
さ-43-1

坂木　司
ワーキング・ホリデー
突然現れた小学生の息子と夏休みの間、同居することになった元ヤンでホストの大和。宅配便配達員に転身するも、謎とトラブルの連続で!?　ぎこちない父子の交流を爽やかに描く。

さ-49-1

文春文庫　最新刊

マチネの終わりに　平野啓一郎
四十代に差し掛かった二人の恋。ロングセラー恋愛小説

陰陽師　玉兎《ぎょくと》ノ巻　夢枕獏
晴明と博雅、蟬丸が酒を飲んでいると天から斧が降り…

花ひいらぎの街角　紅雲町珈琲屋こよみ　吉永南央
お草は旧友のために本を作ろうとするが…人気シリーズ

静かな雨　宮下奈都
静謐な恋を瑞々しい筆致で紡ぐ本屋大賞受賞作家の原点

縁は異なもの　麴町常楽庵　月並の記　松井今朝子
元大奥の尼僧と若き同心のコンビが事件を解き明かす！

Iターン 2　福澤徹三
単身赴任を終えた狛江を再びトラブルが襲う。ドラマ化

明治乙女物語　滝沢志郎
女学生が鹿鳴館舞踏会に招かれたが…松本清張賞受賞作

裁く眼　我孫子武丸
法廷画家の描いた絵が危険を呼び込む。傑作ミステリー

アンバランス　加藤千恵
夫の愛人という女が訪ねてきた。夫婦関係の機微を描く

朔風《さくふう》ノ岸　居眠り磐音（八）決定版　佐伯泰英
友人の蘭医・淳庵の命を狙う怪僧一味と対峙する磐音

遠霞《えんか》ノ峠　居眠り磐音（九）決定版　佐伯泰英
吉原の話題を集める白鶴こと、奈緒。磐音の心は騒ぐ

武士の流儀（一）　稲葉稔
元与力・清兵衛が剣と人情で活躍する新シリーズ開幕

京洛の森のアリス III　鏡の中に見えるもの　望月麻衣
共同生活が終わり、ありすと蓮の関係に大きな変化が

ペット・ショップ・ストーリー　林真理子
女の嫉妬が意地悪に変わる〝マリコ・ノワール〟十一篇

北の富士流　村松友視
男も女も魅了する北の富士の〝粋〟と〝華〟の流儀

悪だくみ　「加計学園」の悲願を叶えた総理の欺瞞　森功
加計学園問題の利権構造を徹底取材！　大宅賞受賞作

笑いのカイブツ　ツチヤタカユキ
二十七歳童貞無職。伝説のハガキ職人の壮絶青春記！

シネマ・コミックEX **太陽の王子 ホルスの大冒険**　東映アニメーション作品　脚本 深沢一夫　演出 高畑勲
高畑勲初監督作品。少年ホルスと悪魔の戦いを描く